KB272254

무릎과 페달 사이

무릎과 페달 사이

이다빈 산문집

I'ᴍ

작가의 말

　나는 내 몸을 오래 돌보지 않았다. 두 바퀴 위에서 넘어졌던 기억이 남아 탈것과 속도에 조심스러웠고, 자동차처럼 빨리 도착하는 길보다 천천히 생각이 따라오는 여행을 믿어왔다. 그래서 몸의 신호는 자주 '다음에'로 밀려났고, 결국 무릎이 먼저 나를 멈춰 세웠다.

　아프지 않은 척하며 지나온 시간은 생각보다 길었다. 괜찮다고 여겼던 통증은 어느 순간 더 이상 미룰 수 없는 질문이 되었다. 머리는 여전히 앞으로 가고 싶어 했지만, 몸은 제자리에서 나를 붙들었다. 그때 알았다. 이번에는 생각이 아니라 몸이 나를 이끌어야 한다는 것을.

　그래서 자전거 위에 올랐다. 더 빨리 달리기 위해서가 아니라 멈추어 선 리듬을 다시 깨우기 위해서였다. 인간은 직선으로 나아가기를 꿈꾸지만 자전거는 원을 그리지 않으면 앞으로 갈 수 없다. 페달은 반복 속에서만 전진을 허락한다. 직선의 의지와 원형의 반복. 나는 그 단순한 물리 앞에 서 있었다.

무릎과 페달 사이에서 내가 배운 것은 속도가 아니었다. 남의 리듬에 휩쓸려 중심을 잃고, 힘을 과하게 주다 숨이 가빠지고, 멈추어 서서 다시 발을 올리던 시간. 그 흔들림 끝에서 나는 알았다. 앞으로 나아간다는 것은 밀어붙이는 일이 아니라 힘을 나누고 균형을 다시 세우는 일이라는 것을.

이 책은 자전거 위에서 비틀거리며 내 몸의 길이를 다시 재보고, 넘어질까 숨을 고르며 중심을 배우던 시간의 기록이다. 나는 그 반복 속에서 속도가 아니라 리듬을, 결과가 아니라 감각을 배웠다.

이제 나는 안다. 삶은 직선으로 뻗어가는 길이 아니라 반복을 통과하며 깊어지는 원이다. 서두르지 않아도 괜찮다. 천천히, 그러나 멈추지 않고.

2026년 3월

이다빈

1부
흔들려야 중심이 잡힌다

의사는 뛰지 말라고 했다

왼쪽 무릎이 보내오는 신호는 불청객처럼 예고도 없이 찾아왔다. 몇 달 전부터였다. 계단을 내려갈 때마다 무릎뼈 사이 어딘가에서 모래알이 갈리는 듯한 서걱거리는 느낌이 손끝으로 전해졌다. 처음에는 그저 '나이 들면 다들 겪는 통과의례겠지' 하며 대수롭지 않게 넘겼다. 하지만 몸이 보내는 경고는 점점 더 구체적이고 집요해졌고, 나는 결국 굴복하듯 병원을 찾았다.

진료실 모니터에는 내 무릎뼈가 희고 흐릿한 흑백 사진으로 떠 있었다. 의사는 그 화면을 한참 동안 말없이 들여다보더니 밝지도 그렇다고 아주 어둡지도 않은 사무적인 표정으로 입을 열었다.

"왼쪽 무릎 관절염 2기입니다. 아직 수술을 해야 할 단계는 아니에요. 하지만 등산이나 뛰는 운동은 이제 하시면 안 됩니다."

'관절염 2기.'

그 말은 '아직은 괜찮다'는 안도와 '이제는 끝났다'는 체념 사이 어딘가에 걸려 있었다. 의사의 담담한 설명은 내게 활동을 줄이라는 권고이자 몸을 이전처럼 믿고 쓰던 시절과 작별하라는 통보처럼 들렸다.

병원 문을 나서며 생각했다. 걷는 것조차 조심스러워진다면 내 남은 시간의 활력은 어디에서 찾아야 할까. 뛰지 말라니, 그럼 나는 이제 서서히 멈추는 쪽으로만 살아가야 하는 걸까.

그 무렵, 자전거는 이미 내 삶의 가장자리를 천천히 맴돌고 있었다. 그보다 조금 먼저 자전거 라이딩의 길을 건너본 사람이 있었기 때문이다. 우리는 여행북클럽에서 여행을 함께 다녔던 사이였다. 그녀는 늦은 나이에 자전거를 배우기 시작했고, 종종 "요즘 자전거 배우고 있다"는 말을 톡방에 올려두면서 함께 하자고 했다.

그때의 나는 그 제안을 흘려들었다. 자전거는 여전히 내 삶의 중심에서 먼 물건이었고, 무릎 통증은 새로운 시도를 미루기에 충분한 이유였다. 그녀는 재촉하지 않았다. 다만 먼저 배워본 사람으로 내가 왜 망설이는지 알고 있다는 듯 가끔씩만 말을 건넸다.

그러다가 그녀의 딸 결혼식장에서 여러 갈래의 실이 한 지점으로 묶였다. 그 자리에서 몇 년 전 같은 모임에 있었던 사람을 다시 만났다. 그는 얼굴이 유난히 건강해 보였고, 올해 자전거동호회를 만들어 회장을 맡고 있다고 했다.

"우리 자전거동호회 같이해요."

나는 손사래를 쳤다.

"자전거 탈 줄도 모르고 무릎 관절염 진단도 받았어요."

그러자 그는 대수롭지 않다는 듯 말했다.

"그럼 감독에게 배우면 됩니다. 기초부터 제대로 알려줘요. 무릎 안 좋은 사람한테 자전거가 오히려 좋아요."

결혼식장의 소란 속에서 스쳐 지나간 말이었지만 그 제안은 집으로 돌아오는 내내 마음속에서 맴돌았다. 걷는 것도 조심스러운 몸으로 자전거라니. 말이 안 된다고 생각하면서도 이상하게 완전히 밀어낼 수는 없었다.

그날 이후, 자전거는 계획이 아니라 질문이 되었다. 아픈 무릎과 오래된 두려움, 다시 넘어질지도 모른다는 걱정을 안고서 나는 해보지도 않고 지나쳐도 괜찮을지를 스스로에게 묻고 있었다.

그 질문을 마음에 안고 지내던 며칠 뒤, 나는 그의 소개로 감독을 만났다. 그녀는 산후 우울의 어두운 시간을 자전거로 건너며 몸을 다시 세운 사람이었고, 결국 산악자전거 국가대표의 자리까지 올라간 사람이었다. 지금은 자전거 교육기관을 운영하고 있었다.

감독은 내 무릎 이야기를 듣고 잠시 눈을 가늘게 뜨더니 자신이 오래 품어온 확신을 꺼내듯 말했다.

"골프나 배드민턴은 한 손을 중심으로 움직이다 보니 몸의 균형이 한쪽으로 기울기 쉽지요. 여러 운동을 해봤지만 저는 자전거가 제일 좋았어요. 두 손으로 핸들을 잡고 계속 중심을 잡아야 하니까 몸 전체가 함께 움직이거든요. 자전거는 다리만 쓰는 운동이 아니라 두 손과 몸통까지 같이 쓰면서 스스로 균형을 세워가는 운동이에요."

나는 그 말을 들으며 이상하게 고개가 끄덕여졌다. 무릎이 아픈 사람에게 필요한 건 더 멀리, 더 빠르게가 아니라 흔들리더라도 넘어지지 않게 중심을 세우는 일이었으니까.

그 말을 듣는 순간, 오래 묻어두었던 기억 하나가 떠올랐다. 어린 시절 자전거를 처음 배우려다 넘어졌던 날이 있었다. 다쳤다는 기억은 또렷한데 왜 그 뒤로 타지 않게 되었는지는 설명하기 어렵다. 나는 그날 이후 자전거 안장에 오르지 않았다. 어쩌면 그 작은 넘어짐이 '나는 균형 감각이 없는 사람'이라는 문장으로 굳어버렸는지도 모른다. 이제 와서 그 문장을 다시 고칠 수 있을까.

하지만 이번에는 달랐다. 다시 배우겠다는 마음은 단순히 운동을 하겠다는 결심이 아니라 오래전에 멈춰버린 나를 다시 데리러 가는 일처럼 느껴졌다.

삐걱거리는 무릎, 결혼식장에서의 우연한 재회, 그리고 감독의 확신. 전혀 다른 방향에서 흘러오던 것들이 한자리에 모여 하나의 맥락을 만들었다. 그 맥락은 나에게 '자전거'라는 뜻밖의 길을 가리키고 있었다.

바퀴가 멈추면 쓰러지듯, 인생도 완전히 멈추지 않기 위해서는 어딘가로 굴러가야 한다. 한 번의 페달질은 작은 원에 불과하지만 그 원들이 이어지면 길이 된다.

감독이 내 눈을 똑바로 보며 말했다.

"내일 한번 테스트해 보죠."

나는 과연 어린시절의 두려움을 넘어설 수 있을까. 아픈 무릎을 이끌고 페달을 밟을 수 있을까. 겁이 나면서도 가슴 한편에서 이상한 기대가 조용히 고개를 들고 있었다.

넘어지지 않으려면 흔들려야 한다

'자전거는 누구나 탈 줄 아는 것 아닌가?'

지하 연습실로 내려가는 계단을 한 칸씩 밟으며 문득 그런 생각이 스쳤다. 세상 사람들은 다 타는데 유독 나만 못 타는 것뿐이라고 나는 오래도록 그렇게 믿어왔다. 운전을 못 하는 것처럼 자전거도 내 삶과는 인연이 없는 일이라 여겼다. 굳이 배우지 않아도 되는, 애초에 선택지에 넣어본 적조차 없는 일이라고 생각했다.

그런데 막상 배우러 가는 길에 서니 마음이 묘하게 흔들렸다. 계단 아래로 내려갈수록 공기가 달라지는 느낌이었다. 그 계단은 단순히 지하 연습실로 이어지는 통로가 아니라, 내가 한 번도 들어가 본 적

없는 세계로 향하는 입구처럼 느껴졌다.

바깥은 늦여름의 열기로 후끈거렸는데 지하 연습실 문을 열자 서늘한 에어컨 바람이 훅 끼쳐 왔다. 공기의 온도가 바뀌니 긴장감이 피부에 먼저 와 닿았다. 한쪽 벽에는 탄소섬유로 만들어졌다는 고가의 자전거들이 날렵한 자태를 뽐내며 공중에 걸려 있었다. 핸들도 제대로 잡아본 적 없는 나는 그 위용에 압도되어 자전거들 사이를 죄인처럼 어색하게 지나갔다.

"먼저 몸을 깨우는 체조부터 할게요."

감독이 씩씩한 목소리로 정적을 깼다. 구령에 맞춰 굳어 있던 관절들을 움직였다. '우두둑' 소리가 날 줄 알았는데, 의외로 몸은 오랜만에 창문을 활짝 열어 환기하는 것처럼 시원하게 풀렸다. 아직 안장에 오르지도 않았는데 몸 안쪽의 근육들이 '이제 뭔가 시작하려는구나' 하고 자리를 고쳐 앉는 느낌이었다.

몸을 풀고 나자 감독이 내게 다가왔다.

"이제 장비 착용하셔야죠."

그녀는 헬멧을 내 머리에 씌워주었다. 턱 끈을 조절해 딱 맞게 채워주고, 팔토시를 끌어올려 주고, 장갑을 하나씩 손에 끼워 주었다. 그 손길은 매우 능숙하고도 세심했다. 그 순간, 아주 오래전 내가 어린

딸에게 털모자를 씌워주고 장갑을 끼워주며 "조심해서 놀아" 하고 챙겨 주던 기억이 겹쳤다.

예순이 넘은 나이에 누군가에게 아이처럼 보호받는 기분. 시선은 바닥을 보고 있었지만 이상하게도 그 손길을 따라 마음속 두려움의 껍질이 한 꺼풀 벗겨지는 것 같았다. 그녀는 이제 자전거라는 낯선 세계에서 나를 위험으로부터 지켜줄 가이드였다.

"자전거랑 먼저 친구가 되어야 합니다."

밖으로 자전거를 끌고 나오며 감독이 말했다. 나는 핸들을 조심스레 쥐었다. 마치 낯선 사람과 처음 악수할 때처럼 손에 힘이 잔뜩 들어갔다. 내가 긴장해서 핸들을 꽉 쥐고 밀자 자전거는 뻣뻣하게 굴며 내 몸에서 멀어지려 했다.

"힘 빼세요. 억지로 끌고 가려 하지 말고 그냥 손을 얹어만 두세요."

감독의 조언대로 손가락에 힘을 풀자 신기하게도 자전거가 스르르 내 쪽으로 다시 기울었다. 내가 밀어붙이면 도망가고, 힘을 빼고 곁을 내주면 다가오는 것. 자전거는 차가운 쇳덩이가 아니라 나와 걸음을 맞춰야 할 예민한 생명체처럼 느껴졌다.

"타기 전에 멈추는 법부터 배울 거예요."

“아직 타지도 않았는데요?”

내가 멋쩍게 웃으며 물었다.

“멈출 수 있다는 걸 먼저 알아야 안 무서워요. 공포는 ‘제어할 수 없다’는 생각에서 오거든요.”

그 말은 정답이었다. 나는 타는 법을 몰라서가 아니라 멈추지 못해 다칠까 봐 두려웠던 것이다.

연습마당으로 가는 길에 브레이크 연습을 했다. 왼손 브레이크를 꽉 잡자 자전거가 앞으로 고꾸라질 듯 ‘턱’ 하고 멈췄다. 반대로 오른손 브레이크만 잡으니 바닥을 긁으며 길게 미끄러졌다.

“둘 다 같이 부드럽게 잡으세요.”

그 말에 맞춰 양손에 힘을 나누어 쥐자 앞으로 쏟아지던 자전거가 ‘스윽’ 하며 부드럽게 멈춰 섰다. 손끝으로 전해지는 미세한 진동이 잦아드는 지점. ‘언제든 내가 원할 때 멈출 수 있다’는 이 작은 확신 하나가 거대해 보이던 두려움의 크기를 절반쯤 줄여주었다.

천호동 자전거 연습마당 입구에 들어서자 시야가 확 열렸다. 한강을 따라 끝없이 뻗은 자전거길 위로 쫄쫄이 바지를 입은 사람들이 쌩쌩 소리를 내며 지나갔다. 나는 그 거대한 흐름 바깥에 선 채, 한 발도 내딛지 못하고 마른침만 삼켰다.

“자, 이제 안장에 앉아볼까요? 두 발을 살짝만 들어보세요.”

연습마당에 들어서자 감독이 말했다. 그녀의 말이 떨어지기 무섭게 발바닥을 떼어보았다. 그 순간, 세상이 오른쪽으로 ‘훅’ 하고 기울었다. “어어!” 급히 발을 다시 내렸다. 심장이 철렁했다. 겨우 1cm 떴을 뿐인데 땅이 사라진 것 같은 공포가 밀려왔다. 다시 시도해 보았지만 자전거는 술에 취한 듯 비틀거렸다. 넘어지지 않으려고 핸들을 꽉 쥐니 팔에 힘이 들어가 어깨가 귀까지 솟아올랐다.

“어깨에 힘 빼세요! 숨 쉬세요, 숨!”

그녀의 외침을 듣고서야 내가 숨을 참고 있었다는 걸 깨달았다. ‘후우—’ 하고 숨을 내뱉으며 어깨를 툭 떨어뜨렸다. 그러자 신기하게도 요동치던 자전거의 흔들림이 조금 잦아들었다. 마치 뿌리가 뽑혀 흔들리던 나무가 흙 속에 다시 자리를 잡는 느낌이었다.

다음은 두 발을 모두 페달에 올려보는 것이었다. 브레이크를 잡고, 심호흡을 한 번 하고, 땅에 있던 왼발을 떼어 페달 위로 가져갔다. 공중에 두 발이 다 떠 있는 그 짧은 찰나, 자전거는 미세하게 떨렸지만 쓰러지지는 않았다. 나는 흔들리는 안장 위에서 위태롭게, 그러나 분명하게 중심을 잡고 있었다.

흔들려야만 중심을 잡을 수 있다는 것. 그것은 머리가 아니라 엉덩이와 허벅지의 근육이, 그리고 핸들을 잡은 손바닥의 감각이 내게 가르쳐 준 첫 번째 수업이었다.

땅을 딛고 서는 법만 알았던 내가 이제 막 공중부양을 배우는 아이처럼 두 바퀴 위에서 비틀거리고 있었다. 등 뒤로 식은땀이 흘렀지만 헬멧 속의 나는 아주 조금 웃고 있었다. 이제야 비로소 페달을 밟을 준비가 된 것이다.

자전거는 핸들이 아니라 시선으로 탄다

불안은 늘 뇌의 가장 깊숙한 곳, 편도체에서 솟구친다. 편도체는 원시적인 뇌다. 아주 미세한 위협 신호만 감지해도 "위험해!"라고 비명을 지른다. 방 안의 그림자를 맹수로 착각한 다섯 살 아이처럼 편도체는 늘 과하게 경보를 울린다. 그 요란한 경보를 듣고 "잠깐만, 정말 위험한가?" 하고 브레이크를 거는 곳이 바로 이성의 뇌, 전전두엽이다.

재미있는 사실은 우리가 막연한 두려움에 '이름'을 붙이거나 말로 정리하는 순간, 비로소 이 전전두엽이 작동한다는 점이다. 언어는 폭주하는 감정에 제동을 거는 가장 강력한 브레이크다.

글쓰기 강의를 마치고 자전거 수업을 받으러 천호동으로 이동하는 버스 안, 나는 내 안에서 시끄럽게 울려대는 편도체를 달래며 생각했다.

'나는 지금 자전거를 타러 가는 게 아니라 내 안의 두려움에 이름을 붙이러 가는 것이다.'

그렇게 정의하자 쿵쿵거리는 심장이 조금 차분해졌다.

오전에 내리던 비는 연습마당에 도착할 즈음 거짓말처럼 걷혀 있었다. 비에 젖은 아스팔트 위로 오후의 햇살이 반짝였다.

"오셨어요?"

감독이 헬멧을 고쳐 쓰며 나를 맞았다. 그녀는 날카로운 눈매로 내 컨디션을 살피더니 곧장 자전거를 끌고 나왔다.

"지난번에 배운 브레이크 잡는 법, 기억하시죠? 오늘은 거기서 한 단계 더 나갈 겁니다. 바로 '시선'이에요."

나는 자전거에 올라 페달을 밟았다. 아직은 비틀거리는 왕초보. 속도가 조금만 붙어도 겁이 나 자꾸만 핸들을 꽉 쥐었다. 그럴 때마다 자전거는 뻣뻣하게 굳으며 내 의지와 다르게 움직였다.

"바닥 보지 마세요! 멀리 보세요, 멀리!"

감독의 목소리가 연습마당에 쩌렁쩌렁 울렸다. 하지만 내 눈은 자꾸만 자전거 앞바퀴 바로 밑, 그 불안한 아스팔트 바닥으로 향했다. 돌멩이는 없는지, 미끄럽지는 않은지, 당장 눈앞의 위험을 확인해야만 안심이 될 것 같았다. 그런데 이상하게도 바닥을 볼수록 자전거는 더 심하게 흔들렸고, 내가 피하려고 했던 바로 그 물웅덩이 쪽으로 자석처럼 끌려들어 갔다.

결국 중심을 잃고 비틀거리다 멈춰 섰다. 감독이 다가와 내 눈을 똑바로 바라보며 말했다.

"자전거는 핸들로 타는 게 아닙니다. 시선으로 타는 거예요."

그녀는 손가락으로 저 멀리 서 있는 나무 한 그루를 가리켰다.

"오른쪽으로 가고 싶으면 핸들을 꺾으려 하지 말고, 그냥 고개를 돌려 오른쪽 끝을 보세요. 왼쪽으로 가고 싶으면 왼쪽을 보고요. 자전거는 거짓말처럼 시선이 가는 대로 따라갑니다."

다시 출발했다. 이번에는 감독의 주문대로 바닥이 아닌 멀리 있는 나무를 바라보았다. '저기로 가야지' 하고 마음먹고 시선을 툭 던졌다. 그러자 놀라운 일이 벌어졌다. 내가 핸들을 억지로 꺾지 않았는데도 내 시선을 따라 어깨가 열리고 골반이 틀어지더니 자전거가 부드러운 곡선을 그리며 나무 쪽으로 스르르 미끄러져 가는 것이었다.

"그렇죠! 바로 그겁니다!"

뒤에서 감독의 추임새가 들려왔다. 그 순간, 책에서 읽었던 뇌과학 구절들이 몸의 감각으로 생생하게 되살아났다. 우리 뇌는 의식보다 훨씬 빠르게 시선의 정보를 해석해 몸을 준비시킨다. 내가 '저기'를 보면 뇌는 이미 저기로 가기 위한 수천 개의 미세한 근육들을 0.1초 만에 조율해 놓는다. 반대로 내가 '넘어지면 어쩌지' 하고 장애물을 뚫어지게 쳐다보면 뇌는 그 장애물에 부딪히는 궤적을 그리며 몸을 긴장시킨다. 이것이 라이더들이 말하는 '타겟 픽세이션(Target Fixation)' 현상이다. 장애물을 피하고 싶다면 장애물을 보지 말고 그 옆의 빈 공간을 봐야 한다.

자전거가 시선을 따라 움직이듯 삶의 원리도 이와 소름 끼치도록 닮아 있다. 우리의 마음은 우리가 오래 바라보는 쪽으로 흘러간다. '망하면 어떡하지, 아프면 어떡하지' 하며 불안한 생각만 응시하면 우리 뇌는 온몸을 위축시켜 결국 삶을 그 불안의 구덩이로 몰고 간다. 경제적 결핍에만 시선을 고정하면 삶은 온통 가난의 증거들로 채워지고, 관계의 상처만 들여다보면 하루의 기분은 그 상처 주위를 맴돌다 끝난다.

페달을 밟으며 바람을 갈랐다. 이번엔 시선을 더 멀리, 저 끝에 있는 자전거길로 던져보았다. 시선을 멀리 두자 눈앞의 것들이 시야에서 흐릿해졌다. 두려움이 완전히 사라진 것은 아니었지만 가야 할 곳이 선명해지니 흔들림이 덜했다.

손끝으로는 언제든 멈출 수 있게 브레이크를 감지하고, 눈으로는 가야 할 곳을 멀리 바라보는 것. 이 두 가지가 동시에 이루어질 때 비로소 자전거는, 그리고 인생은 균형을 잡고 앞으로 나아간다.

오전에 김수영문학관에서 강의를 마치고 내려오다 아래층 벽에 걸린 김수영 시인의 글귀 앞에 잠시 멈췄다. '상주사심(常住死心).' 늘 죽음을 마음에 두고 산다는 뜻이다. 이 문장은 오늘 페달을 밟는 내내 머릿속을 떠나지 않았다. 하지만 이 말은 사실 죽으라는 뜻이 아니라 '끝'이라는 목적지를 분명히 바라보라는 주문이었을 것이다. 끝이 있다는 사실을 시선 끝에 두고 달릴 때, 지금 내 바퀴 아래 지나가는 삶의 파동들은 더욱 선명해진다. 양자역학에서 밝혀진 대로 관찰자의 시선이 파동을 입자로 바꾸듯, 내가 어디를 바라보느냐가 결국 내 삶의 현실을 또렷하게 만들어 간다.

넘어질 수 있다는 사실을 알기에 다시 중심을 잡으려 하고, 끝이 있음을 알기에 지금 스치는 이 바람이 소중해진다 자전거가 시선을 따라가듯 삶도 결국 마음이 머무는 쪽으로 움직인다. 내가 지금 바라보고 있는 곳, 그곳이 곧 내가 도착하게 될 자리다.

감독이 훈련을 마치고 땀을 닦는 내게 다가와 웃으며 말했다.

"이제 눈빛이 좀 라이더 같으신데요? 보는 곳이 달라지면 타는 폼도 달라지거든요."

나는 헬멧을 벗으며 마주 웃었다. 그녀는 자전거 타는 법을 가르쳐 주었지만 나는 오늘 인생 다루는 법을 하나 더 배웠다. 내 시선이 닿는 곳, 바로 그곳으로 나의 두 바퀴가 굴러가고 있었다.

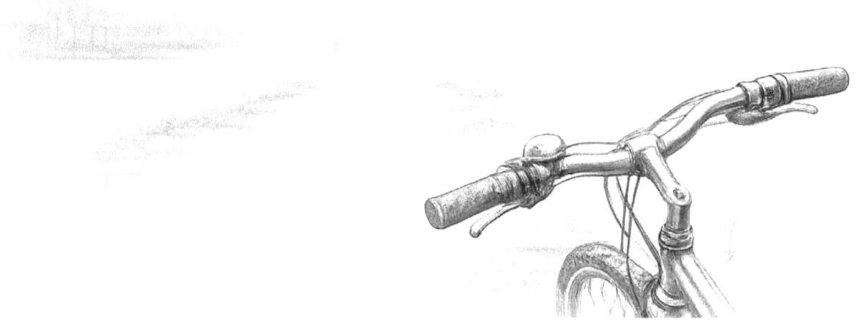

같이 가기 위해 속도를 늦추는 법

9월의 두 번째 일요일 아침 6시. 선선한 가을바람이 뺨을 스쳤다. 오늘은 중소기업 대표들이 모이는 협회의 연례행사가 있는 날이다. 골프팀은 필드로, 산악회는 산으로, 합창단은 연습실로 흩어졌다가 오후가 되면 다시 한자리에 모인다. 올해는 새로 만들어진 자전거 동호회가 처음으로 참가했다. 협회장은 해마다 동호회를 돌아가며 함께하는데, 올해는 우리 자전거동호회와 함께 페달을 밟는다고 했다.

관계는 너무 멀어지면 끊어지고, 너무 가까우면 부딪힌다. 적당한 간격을 유지하며 함께 나아가는 힘. 자전거가 두 바퀴의 균형으로

서 있듯, 사업도 혼자서는 굴러가지 않는다. 협회라는 공간은 생각보다 복잡한 결을 가지고 있다. 각자의 업종도 다르고, 처한 상황도 다르다. 숫자로 환산되지 않는 오랜 시간의 네트워크, 위기 때 서로의 연락처를 꺼내 들 수 있는 신뢰, 속도가 다른 사람을 기다려줄 수 있는 여유가 이 공간을 지탱하고 있는지도 모른다.

사실 나는 3년 전, 이곳의 최고경영자과정을 수료한 뒤 조용히 거리를 두고 있었다. 명함이 오가는 속도, 계약이 성사되는 속도, 결정을 내려야 하는 속도. 회의는 짧았고 판단은 빨랐다. 나는 그 리듬에 완전히 올라타지 못했다. 변속 타이밍을 놓친 초보 라이더처럼 페달은 헛돌고 숨은 가빴다. 그때의 나는 내 속도를 알지 못했다. 남의 기어에 맞춰 억지로 달리다 숨이 찼고, 결국 브레이크를 밟아버렸다.

경제가 어려워질수록 사람들은 당장 손에 잡히는 것들을 먼저 선택한다. 먹을 것, 입을 것, 당장 쓸 수 있는 것들. 그 흐름 속에서 책과 이야기는 잠시 뒤로 밀려난다. 나는 그 현실을 외면하지 않으면서도 문화의 공공성과 의미를 지켜보고 싶었다. 그래서 지속 가능성을 고민하게 되었고, 그 답을 찾는 과정에서 사회적기업이라는 형식을 선택했다. 하지만 수익을 내야 한다는 책임과 사회적 가치를 함께 붙드는 일은 생각보다 섬세한 균형을 요구했다.

나는 오랫동안 "왜 18,000원짜리 책이 쉽게 팔리지 않을까"를 고민했다. 하지만 사람들은 "내 시간을 이 책에 써도 될까?" 하는 다른 질문을 하고 있었다. 책의 진짜 가격은 정가에 적힌 숫자가 아니라 그 뒤에 붙는 독서 시간까지 포함한 값이라는 것을 그제서야 알게 되었다.

18,000원이라는 가격은 작`아 보이지만, 한 권의 책이 요구하는 몇 시간의 독서는 결코 가볍지 않다. 사람은 돈보다 시간을 더 신중하게 쓴다. 그래서 책은 본질적으로 불리한 구조를 안고 있다. 가격이 문제가 아니라 시간을 내어 읽겠다는 결심이 더 큰 비용이기 때문이다.

결정과 책임을 혼자 져야 하는 대표들이 모인 협회는 단순히 정보를 나누는 자리가 아니었다. 서로의 속도를 확인하고, 호흡을 맞춰 보는 공간에 가까웠다. 나도 이제야 그 리듬 안에 조심스럽게 발을 들여놓았다.

아직 함께 간다고 말하기는 이르지만, 자전거도 사업도 직접 올라타야만 알 수 있는 감각이 있다. 선택은 언제나 결과를 모른 채 이루어진다. 완벽한 확신 속에서 시작되는 일은 없다. 자전거처럼 흔들림 속에서 균형을 찾고, 넘어질까 두려워하면서도 다시 페달을 밟는 일. 사업도 결국 그런 과정일지 모른다.

집결지인 평택 안성천 자전거길 입구에는 형형색색의 라이딩복을 입은 회원들이 모여 있었다. 예전의 나였다면 그 화려함 앞에서 한 발 물러섰을지도 모른다. "나는 저렇게 못 해." 그런 마음이 먼저 앞섰을 것이다. 그런데 오늘은 달랐다. 부회장이 나눠준 갈색 단체 조끼를 받아 입는 순간, 제각각이던 개성이 조끼 안으로 조용히 스며들었다. 타고 온 자전거의 가격도 조끼 아래로 잠시 가려졌다. 겉모습이 한 가지가 되자 이상하게 마음이 편안해졌다. 사람이 사람으로 돌아오는 방식이 때로는 이렇게 단순하다는 걸 알았다.

"자, 출발합니다! 안전거리 유지하세요!"

회장의 신호와 함께 두 바퀴 팀이 미끄러지듯 강변길로 나아갔다. 아직 왕초보인 나는 라이딩에 합류하지 못하고, 자전거 대신 보급차에 올라 그들의 뒤를 따랐다.

차창 밖으로 안성천의 풍경이 흘러갔다. 보급차 안의 나는 풍경을 '감상'하고 있었지만, 자전거 위의 그들은 풍경 속으로 '들어가고' 있었다. 울퉁불퉁한 노면의 진동을 온몸으로 받아내고, 강에서 불어오는 맞바람을 허벅지 힘으로 이겨내며, 그들은 몸으로 길을 읽고 있었다. 나는 차 안에서 그 사실을 조용히 목격했다. 내가 아직 닿지 못한 방식으로 살아가는 사람들, 그러나 그 방식 역시 누군가의 하루를 버티게 하는 기술이라는 것을.

중간 쉼터에 도착했을 때, 거친 숨을 몰아쉬는 그들의 얼굴이 눈에 들어왔다. 땀 범벅이 된 얼굴로 서로에게 물을 건네고, 뒤처진 동료가 올 때까지 말없이 기다려주는 모습. 그 순간, 내가 품고 있던 편견 하나가 툭 하고 깨졌다. 나는 그동안 복장의 화려함만 보고 그 안의 치열함을 보지 못했다. 라이딩복은 멋을 부리기 위한 옷이 아니라 바람의 저항을 줄이고 근육을 잡아주어 더 멀리 가기 위한 '생존의 갑옷'이었다. 그 기능성을 민망함으로 치부했던 건 어쩌면 그들의 세계를 이해하려 하지 않았던 나의 게으름이었는지도 모른다.

겉보기에 단단하고 계산적인 듯 보이는 그들의 삶 이면에는 직원들의 월급을 책임지기 위해 비바람 속을 뚫고 달려야 하는 대표로서의 무게가 있었다. 그리고 뒤처진 동료를 기다려줄 줄 아는 뜨거운 의리도 흐르고 있었다. 나는 차 안에서, 쉼터에서 그들의 땀 냄새를 맡으며 우리가 다르다고 믿어온 이유가 거리 둔 시선 때문이었다는 것을 비로소 느꼈다.

라이딩이 끝나고 최종 집결지에 도착하자 다른 동호회 사람들도 속속 모여들었다. 필드를 돌고 온 골프팀, 산을 타고 온 트레킹팀, 화음을 맞춘 합창단, 그리고 땀방울로 옷을 적신 우리 자전거팀. 서로 다른 옷을 입고 다른 길을 지나왔지만 한자리에 모여 웃고 떠드는 얼굴들은 영락없는 '한마음'이었다.

몇 년 동안 보지 못했던 반가운 얼굴들이 나를 향해 손을 흔들었다.

"다시 오셨군요. 반갑습니다."

그 환대 속에서 나는 내가 이곳을 떠나 있었던 지난 3년을 떠올렸다. 그때의 나는 '내가 살아온 방식'이 내 삶의 전부라고 믿었고, 이곳의 속도는 내게 너무 빠르다고 생각했다. 그래서 낯섦을 이해로 바꾸기 전에 이해를 체념으로 바꾸어 버렸는지도 모른다. 하지만 자전거라는 인연으로 다시 돌아온 지금, 나는 내 마음의 지도를 다시 읽게 되었다. 내 캔버스 밑바닥에도 오래전부터 '치열하게 땀 흘리는 사람들의 이야기'가 옅게 깔려 있었다. 3년 전 내가 떠난 건 이 토양이 나와 맞지 않아서가 아니었다. 그때는 아직 내가 그 거친 땅에 뿌리내릴 만큼 단단하지 못했기 때문이었다. 내 밑그림을 알아보지 못한 채 남의 그림을 흉내 내다 지쳐버렸던 것이다.

"다음엔 함께 라이딩 해요."

회장의 말에 나는 웃으며 고개를 끄덕였다.

"네. 제 속도로 한번 가볼게요."

빠르지 않아도 좋고, 앞서지 않아도 괜찮다. 같이 가기 위해 속도를 늦추는 법을 나는 이제서야 배우는 중이다.

넘어진 자리에서 배운 '멈춤'의 기술

이른 아침, 세 번째 자전거 수업을 받으러 천호동으로 향하는 지하철 안에서 업무 메일을 처리하다가 문득 창밖을 바라보았다. 우리가 흔히 말하는 '부지런함'이란 무엇일까. 시간을 쪼개 더 많은 일을 해내는 것이 아니라 오래 굳어 있던 몸을 깨우고 흐트러진 삶의 균형을 다시 세우는 일이 아닐까 하는 생각이 들었다. 책상 앞에 오래 앉아 혹사시킨 내 허리와 무릎은 이미 여러 번 '이제는 속도를 좀 늦추라'는 신호를 보내고 있었으니까.

운동마당에서 몸을 풀고 나자 감독이 오늘의 과제를 꺼냈다.

"오늘은 코너를 돌 거예요."

코너링을 배우는 순간, 세상은 갑자기 둥글어졌다. 늘 앞으로만 뻗어 있던 직선의 길이 옆으로 휘어지며 나를 시험하기 시작했다. 겉보기에는 완만해 보였지만 막상 그 앞에 서니 코너는 '넘어질지도 모른다'는 두려움을 가장 먼저 불러오는 장소였다. 코너는 단순히 핸들을 꺾는 구간이 아니라 속도와 각도, 노면의 상태가 동시에 작용하는 순간이었다. 직선에서는 작은 실수도 자전거가 어느 정도 받아주지만 곡선에서는 아주 작은 욕심과 공포가 곧바로 균형을 흔든다.

"바깥쪽 다리에 힘을 주고, 시선은 멀리 보세요."

감독은 코너에 들어가기 전에 먼저 준비하라고 했다. 코너 안에서 불안해져 브레이크를 잡으면 자전거가 더 흔들릴 수 있으니, 속도는 미리 줄여 두고 들어가야 한다는 것이다.

말로 들으면 이해가 되는데 막상 몸은 말을 잘 따르지 않았다. 코너가 가까워질수록 손은 본능적으로 브레이크로 먼저 향했고, 브레이크를 잡을수록 불안은 더 커졌다. 초보자인 나는 코너에 들어서는 순간 길이 갑자기 좁아 보였고, 좁아 보일수록 몸은 더 경직되었다.

자전거는 앞으로 나아갈 때는 비교적 관대하지만 옆으로 기울어지는 순간에는 아주 솔직해진다. 몸은 아직 '기울어진 상태에서도 괜찮다'는 사실을 믿지 못한다. 그래서 코너에 들어서면 본능적으로 몸을 세우려 하고, 자전거만 억지로 꺾으려 든다. 하지만 코너에서는 상체를 긴장시키는 대신 시선이 향하는 쪽으로 어깨를 열고, 골반을 살짝 틀어 자전거가 자연스럽게 기울도록 맡겨야 했다. 바깥쪽 페달을 아래로 두고 그 발에 체중을 실으면 자전거가 노면을 단단히 눌러주고, 안쪽 페달은 위로 들어 올려 땅에 닿지 않게 해야 한다. 코너링은 감각의 문제라기보다 몇 가지 분명한 동작이 어우러지는 과정이었다.

"멀리 보세요!"

감독의 외침에도 내 시선은 자꾸만 바닥으로 떨어졌다. 넘어질 것 같은 자리, 미끄러질 것 같은 지점, 아플 것 같은 순간들. 시선이 바닥에 붙자 자전거도 그대로 그 불안을 따라갔다. 속도는 급격히 줄었고, 몸은 더 굳었다. 코너에서 속도를 줄이는 건 필요한 일이지만 내가 줄인 속도는 기술의 감속이 아니라 공포의 감속이었다. 자전거는 어느 정도 굴러가야 균형이 살아나는데 나는 거의 멈추다시피 속도를 낮췄고, 그 순간 핸들은 더 크게 흔들렸다.

결국 중심을 잃은 나는 '쿵' 하는 소리와 함께 옆으로 넘어지고 말았다. 바닥에 닿는 순간 느껴진 것은 아픔보다 먼저 부끄러움이었다. 하지만 잠시 후 몸을 일으키며 알게 되었다. 내가 넘어진 이유는 코

코너에서 해야 할 준비가 아직 몸에 들어오지 않았기 때문이었다.

아스팔트 바닥에 주저앉아 있는데 감독이 다가와 조용히 말했다.

"오늘은 멈추는 연습부터 해보시죠. 멈출 줄 알면 덜 무서워요."

멈출 수 있으면 불안이 줄고, 불안이 줄면 몸이 덜 굳는다. 몸이 굳지 않으면 자전거는 다시 제자리를 찾는다. 그 말이 이상하게 마음에 오래 남았다. 돌아보면 내 삶에서도 비슷한 순간들이 많았다. 몸은 늘 먼저 신호를 보내고 있었는데 나는 그 신호를 무시한 채 성급히 다시 달리려 했다. 쓰러진 채 숨을 고르지도 않고, 상처를 살피지도 않은 채 앞만 보고 나아가려 했던 것이다. 사고는 달리지 못해서가 아니라 멈출 줄 몰라서 시작된다는 걸 나는 넘어진 뒤에야 알았다.

자전거를 세우고 그늘에 앉아 땀을 식혔다. 바람이 스쳐 지나갔다. 곰곰이 생각해보니 코너에서 가장 중요한 건 '언제 속도를 줄이느냐'였다. 코너 안에서 불안해져 브레이크를 잡는 순간 자전거는 더 흔들린다. 속도를 줄이는 일은 언제나 코너에 들어가기 전에 끝내야 했다.

코너가 보이기 시작하면 먼저 페달을 멈추고, 직선 구간에서 앞브레이크와 뒷브레이크를 나눠 부드럽게 잡아 속도를 미리 낮춰 둔다. 그렇게 준비가 되면 코너 안에서는 바깥발에 체중을 실어 중심을 낮추고, 시선을 코너의 끝으로 두기만 하면 된다. 그러면 자전거는 억지로 조종하지 않아도 자연스럽게 기울며 돌아 나간다.

다시 안장에 올랐다. 연습마당을 돌며 달렸다가 멈추는 연습을 열다섯 바퀴나 되풀이했다. 브레이크를 '확' 잡는 대신 앞과 뒤를 나눠 부드럽게 잡고, 멈추기 직전에는 무게중심을 살짝 뒤로 보내며, 발을 내릴 자리까지 미리 그려보는 연습을 했다. 단순한 훈련 같았지만 그것은 몸과 마음이 하나의 리듬을 찾아가는 과정이었다.

자전거는 내가 바라보는 쪽으로 정직하게 기울었다. 그 순간 문득 깨달았다. 멀리 보려면 먼저 지금 딛고 선 자리를 단단히 살펴야 한다는 것을. 발밑이 흔들리면 시선도 흔들리고 시선이 흐트러지면 균형은 오래가지 못한다. 가까운 곳과 먼 곳은 서로 반대편에 있는 것이 아니라 같은 선 위에 놓여 있었다.

코너에서도 마찬가지였다. 바깥발에 체중을 실어야 자전거가 안정적으로 기울고, 시선을 출구에 두어야 몸이 그 방향으로 따라간다. 지금을 놓치지 않는 일과 앞을 바라보는 일은 서로 등을 지는 것이 아니라 서로를 지탱하는 것이었다.

코너링은 삶의 결정적인 순간들과 꼭 닮아 있었다. 중요한 결정을 앞두고는 무작정 달리기보다 속도를 먼저 낮추고, 중심을 낮게 눌러 흔들림을 막아야 한다. 곡선에 들어서기 전에 마음의 속도를 미리 조율해야 그 안에서 허둥대지 않는다.

오늘의 넘어짐은 실패가 아니라 제대로 멈추는 법을 배우라는 몸의 신호였다. 잠시 멈춰 호흡을 고른 뒤 다시 달리자 흔들리던 핸들의 균형이 조금씩 돌아왔다. 넘어진 자리에서 나는 비로소 다시 출발할 준비를 마쳤다.

누군가의 손을 놓아야 할 때

강습이 없는 날이다. 자전거를 빌려 혼자 연습해보려고 천호동으로 향했지만 아침부터 이어진 강의 일정이 몸에 앙금처럼 남아 있었다. 커피 한 잔으로 버텼지만 버스에 오르자마자 몸은 잠시 힘을 놓고 싶어했다. 그래도 천호역에 내려 다시 커피를 한 잔 더 마시며 스스로를 다독였다. 여기서 멈추면 내일은 더 나오기 힘들다. 오늘을 건너야 다음이 있다.

선선한 바람이 등을 밀었고, 오후의 가을볕은 그늘에서 잠깐 쉬었다 가라고 유혹하는 듯했다. 순간 지난 수업시간에 감독이 스치듯 했던 말이 떠올랐다.

"'봄볕엔 며느리를 내보내고, 가을볕엔 딸을 내보낸다'는 말 아시죠?"

나는 피식 웃음이 나왔다. 누군가의 딸이라 하기엔 한참 지나버린 나이지만, 오늘의 가을볕은 정말 엄마의 마음처럼 나를 밖으로 불러내고 있었다.

'그래, 이 좋은 볕을 두고 누워 있을 순 없지.'

딸이 된 기분으로 지하 연습실에 들어섰다가 나는 잠시 멈춰 섰다. 텅 빈 공간에 들어서니 아직 내 소유의 고글도 헬멧도 없다는 사실이 새삼스럽게 다가왔다. 옆에서 장비를 챙겨주고 안장 높이를 맞춰주던 감독의 부재가 공간을 크게 채우고 있었다. 마치 보호자가 "이제 혼자 해보라"며 손을 놓고 잠시 자리를 비운 느낌이었다.

젊었다면 바로 자전거를 끌어당겼을지도 모른다. 하지만 예순을 넘긴 나이는 돌다리도 두드려보고 건너는 법이다. 망설이는 사람은 먼저 주변을 살핀다. 나는 씩씩하게 나아가고 싶은 마음과 조심스럽게 멈추고 싶은 마음 사이, 그 어딘가에 서 있었다.

연습실에는 주인을 기다리는 자전거들이 조용히 도열해 있었다. 아무도 타지 않아도 불평하지 않고 그저 제자리를 지키며 때를 기다리는 두 바퀴들. 혼자 연습한다는 건 결국 이 침묵하는 기계와 단둘이 마주하는 일, 아니 그 위에 올라탄 '나 자신'과 마주하는 일이라는 생각이 들었다.

자전거를 끌고 나와 연습마당 한쪽에 자전거를 세워두고 잠시 사람들을 바라보았다. 빠르게 걷는 사람, 휴대전화를 들여다보며 천천히 걷는 사람, 아무 생각 없이 하늘을 올려다보는 사람. 각자의 속도는 달랐지만 모두 자기만의 리듬으로 움직이고 있었다. 나는 그 풍경 속에 자전거라는 새로운 리듬을 하나 더하려 하고 있었다.

자전거에 바로 오르지 않고 숨을 한 번 골랐다. 안장을 손바닥으로 꾹 눌러 보고, 브레이크를 쥔 손에 힘을 넣었다 풀었다 해보았다. 감독에게 들었던 말들이 뒤늦게 몸 안에서 하나씩 떠올랐다.

"시선은 멀리, 어깨에 힘은 빼고. 넘어진다는 생각 말고, 멈출 수 있다는 걸 먼저 믿으세요."

발을 페달에 올리는 순간, 아직 출발하지도 않았는데 이미 한 번 넘어진 것 같은 마음이 들었다. 이 나이에 넘어진다는 건 단순한 타박상으로 끝나지 않을 수 있다는 걸 몸이 먼저 알고 있기 때문이다. 본능적인 방어가 작동했다.

그래도 이번에는 멈추지 않았다. 한 발, 그리고 다른 발. 조심스럽게 페달을 밟자 자전거가 아주 느리게, 마치 첫걸음을 떼는 아기처럼 망설이듯 앞으로 나아갔다. 바람 속으로, 아니 어쩌면 내 인생의 새로운 시간 속으로 들어가는 느낌이었다.

핸들은 생각보다 솔직했다. 조금만 힘이 들어가도 불안하게 흔들리고, 힘을 풀어주면 금세 중심을 찾아주었다. 비틀거리며 연습마당을 한 바퀴 도는 동안 몸 안에서는 작은 변화가 일어나고 있었다.

'아, 내가 지금 타고 있구나.'

두려움이 완전히 사라진 것은 아니었다. 다만 조금 전까지 내 앞을 가로막고 서 있던 두려움이 이제는 내 등 뒤에서 조용히 따라오고 있었다.

두 번째 바퀴에서는 시선이 조금 더 멀어졌다. 불안한 바닥 대신 마당 끝에 서 있는 나무를 보고, 그 너머의 강변을 상상해 보았다. 그러자 자전거도 거짓말처럼 덜 흔들렸다. 몸이 길을 찾는 방식은 생각보다 단순했고, 정직했다.

세 번째 바퀴쯤 돌았을 때, 나는 자전거 위의 나 자신을 바라보고 있었다. 지금 이 정도 속도면 괜찮다는 판단, 조금 더 가도 되겠다는 용기, 그리고 언제든 위험하면 멈출 수 있다는 안도감. 이 세 가지가 동시에 존재할 수 있다는 사실이 이상하게도 육십 년을 살아낸 내 삶과 닮아 있었다.

　나는 오늘 분명히 내 안의 어떤 선을 넘었다. 이제 누가 손을 잡아 주지 않아도 다시 시도할 수 있는 사람이 된 것이다. 홀로서기란 젊은 날에만 하는 일이 아니었다. 나이에 상관없이 우리는 매번, 낯선 페달 위에서 다시 혼자 서는 법을 배운다.

그냥 타는 것과 배워서 타는 것

광장은 바람으로 가득했다. 늘 같은 자리에, 계절이 바뀌어도 웃통을 벗고 태양 아래 몸을 태우는 남자가 있다. 흐린 날에도 그는 어김없이 벤치 근처를 서성이고 있었다. 느릿한 움직임조차 그만의 리듬처럼 보였다.

혼자 연습을 해본 덕분인지 내 몸은 자전거에 한결 익숙해져 있었다. 출발할 때 브레이크를 부드럽게 푸는 법, 달리다 멈출 때 어느 정도의 속도를 남겨두어야 하는지, 코너를 돌 때 어느 쪽 다리에 체중을 실어야 하는지. 수업 시간에 들었던 작은 동작들을 하나씩 떠올리며 광장을 돌았다.

예순이 넘은 나이에 자전거를, 그것도 아카데미에서 배운다고 했을 때 주변의 반응은 대체로 비슷했다.

"그냥 타면 되는 거 아냐? 자전거를 뭘 돈 내고 배워?"

"그 나이에 넘어지면 뼈도 잘 안 붙어. 조심해."

"쫄바지는 왜 입는 거야, 민망하게."

"무릎 아프다면서 자전거가 맞아?"

말들은 대부분 걱정의 얼굴을 하고 있었지만 그 안에는 익숙한 단정들이 섞여 있었다. 특히 나와 비슷한 나이의 사람들은 '안전'을 이유로 '포기'를 권하곤 했다.

지금의 내가 아니라 자전거를 조금만 탈 줄 알았던 시절의 나였다면 나 역시 같은 말을 했을 것이다. 무릎 통증을 핑계로 움직임을 줄이고, 넘어질까 봐 먼저 움츠러들던 나는 '잘 타는 법'보다 '다시 넘어지지 않는 법'을 먼저 배워야 하는 사람이었다. 그리고 그 기준을 혼자서 세울 만큼 몸을 신뢰하지도 못하고 있었다.

SNS에 자전거 배우는 사진을 올리자 또 다른 종류의 조언들이 도착했다. 말들은 대체로 친절했지만 정작 내가 지금 어디쯤 서 있는지, 내 무릎이 어떤 상태인지에 대한 질문은 없었다. 그들의 문장은 이미 저만치 앞서 있었다.

몸에 딱 붙는 옷을 입고 연습마당에 서 있으면 그런 말들이 귓가를 스치듯 떠올랐다. 내가 괜히 유난을 떠는 건 아닐까, 내 몸에 맞지 않는 선택을 한 건 아닐까 하는 마음. 하지만 자전거에 올라 페달을 밟는 순간, 그 의심은 바람과 함께 뒤로 밀려났다. 헐렁한 옷이 공기를 붙잡아 몸을 흔들 때와 달리, 몸에 맞는 옷은 저항을 줄여 오히려 나를 덜 흔들리게 했다. 그 차이를 나는 생각이 아니라 몸으로 먼저 알게 되었다.

연습마당에서는 매번 다른 질문들이 생겨났다. 그냥 탈 때는 떠오리지 않았던 질문들, 어떻게 해야 덜 다치는지, 어떻게 해야 오래 탈 수 있는지에 대한 질문들이었다. 그제야 알았다. 그냥 타는 것과 배워서 타는 것은 전혀 다른 차원의 일이라는 것을.

스무 살의 몸이라면 넘어져도 털고 일어나면 그만일지 모른다. 하지만 예순의 자전거는 달라야 했다. 나에게 배움이란 기록을 늘리는 기술이 아니라 내 몸을 안전하게 쓰는 방법을 익히는 일이다. 속도를 높이는 방향이 아니라 두려움을 낮추는 방향으로 몸을 이끄는 연습. 그것이 내가 돈을 내고 배우는 이유다.

무릎이 아프다고 했을 때 가장 많이 들은 말은 "그럼 자전거 타면 안 되는 거 아냐?"였다. 하지만 안장 높이를 조금 조정하고, 발바닥 전체가 아니라 중족골로 페달을 밟으며 원을 그리듯 돌리기 시작하자 통증은 눈에 띄게 줄어들었다. 완전히 사라진 것은 아니었지만 '아프지 않게 쓰는 법'을 알게 되자 두려움이 먼저 사라졌다. 몸은 생각보다 정확한 기준을 가지고 있었고, 바른 자세는 그 기준을 존중하는 방법이었다.

자전거 이야기에는 늘 사고담이 따라붙는다. 누가 어디서 굴러 쇄골이 부러졌고, 누군가는 이가 부러졌다는 이야기들. 결론은 늘 "자전거는 위험하다"였다. 하지만 내가 반복해서 연습한 것은 위험을 무릅쓰는 일이 아니라 위험을 줄이는 일이었다. 속도를 줄이는 법, 급하게 브레이크를 잡지 않는 법, 넘어질 수 있다는 전제 위에서 몸을 지키는 법. 사고는 '탄다'는 사실보다 '멈출 줄 모른다'는 데서 시작된다는 것을, 그리고 내 몸을 과신하는 순간 찾아온다는 것을 나는 배우고 있었다.

광장을 몇 바퀴 도는 동안 사람들의 말은 머릿속을 스쳤다가 강물 쪽으로 흘러갔다. 말은 머리에 남았지만 자전거의 리듬은 몸에 남았다. 브레이크를 쥔 손끝의 감각, 시선을 멀리 두었을 때 찾아오는 마음의 평안. 자전거를 타는 일은 누군가를 설득하는 일이 아니다. 내 선택을 증명하는 일도 아니다. 그저 지금 내 몸이 무엇을 필요로 하는지 하루에 몇 바퀴씩 확인하는 일이다.

　말은 앞으로도 많을 것이다. 하지만 이제는 안다. 말로 아는 세계와 몸으로 배워 아는 세계는 전혀 다르다는 것을. 나는 그 차이를 늦깎이 학생이 되어 두 바퀴 위에서 조금씩 배우고 있다.

2부
멈춤이 가르쳐 주는 것들

함께 달리기의 시작

그동안 나는 몇 차례 개인 강습으로 자전거를 배웠다. 연습마당을 돌며 페달을 밟고, 브레이크를 쥐어 멈추는 법을 익히는 동안 나는 내가 제법 자전거와 친해졌다고 착각했다. 페달을 밟으면 앞으로 나아갔고, 멈추고 싶을 때는 멈출 수 있었으니까. 하지만 그 감각은 잔잔한 호수에서 노를 젓는 법을 익힌 뒤 곧바로 파도가 이는 바다로 나가려는 자신감과 닮아 있었다. 혼자일 때는 괜찮았지만 함께 움직여야 하는 순간이 오면 전혀 다른 기준이 필요하다는 걸 나는 아직 몰랐다.

일요일 오전, 올림픽파크텔 2층 런던홀. 원형 테이블들이 정돈된 공간에 흰 식탁보와 투명한 물병들이 놓여 있고, 벽면 쪽에는 자전거 도로 표지판이 세워져 있다.

오늘은 아카데미 5기 입학식이 열리는 날이다. 자전거 왕초보로 3월에 동호회와 개인 강습을 통해 먼저 자전거라는 길을 건너본 그녀도 같은 5기로 참여했다. 자리에 앉아 주변을 둘러보니 같은 테이블에 앉은 얼굴들이 낯설지만은 않았다. 각자의 이유로 이 자리에 모인 사람들이 하나의 원 안에 앉아 있었다. 곧 같은 방향을 바라보며 땀을 흘리게 될 사람들이다.

입학식의 시작은 특강이었다. 강단에 선 사람은 육십대 후반의 경영자였다. 그는 직원들과 함께 자전거를 타며 깨달았다는 이야기를 차분한 목소리로 풀어놓았다. 몸은 늙고 결국 죽음을 향해 가지만 마음은 늙는 것이 아니라 익어갈 수 있다는 말, 자전거는 그 사실을 몸으로 가르쳐주었다는 고백은 나의 현재와 정확히 겹쳐졌다.

그는 경영을 자전거에 비유했다. 경영은 결국 사람의 마음을 다루는 일이고, 자전거 역시 혼자 타는 것 같지만 철저한 단체운동이라고 했다. 앞사람을 살피고, 뒷사람을 기다려주는 일이 결국 내가 더 안전하게, 더 멀리 가는 길이라는 설명에 '이타적 이기주의'라는 단어가 덧붙여졌다. 모순처럼 들리는 말이었지만 자전거 대열에서 서로 바람을 막아주며 달리는 장면을 떠올리자 그 의미는 금세 이해되었다.

그 말은 내가 오랫동안 품어온 사회적기업의 고민과도 맞닿아 있었다. 타인을 돕는 일과 조직을 유지하는 일이 서로 싸워야 할 적이 아니라 자전거의 두 바퀴처럼 함께 굴러가야 한다는 것. 나는 그 원리를 머리로는 알고 있었지만 몸으로는 아직 배우지 못한 상태였다.

이어진 시간은 감독의 안전 교육이었다. 분위기는 한층 구체적이고 진지해졌다. 자전거는 도로교통법상 '차'에 해당하고, 헬멧은 장식이 아니라 생명줄이며, 수신호는 도로 위에서 타인과 나누는 언어라는 설명이 이어졌다. 가볍게 운동이나 하려던 마음은 '책임'이라는 단어 앞에서 묵직해졌다. 두 바퀴가 굴러가는 일은 생각보다 많은 약속 위에서 가능하다는 사실을 처음으로 실감하는 순간이었다.

특히 마음에 남은 것은 브레이크에 대한 설명이었다. 브레이크는 멈추는 장치가 아니라 속도를 조절하는 장치라는 말, 한쪽만 세게 잡으면 고꾸라지거나 미끄러지지만 양손으로 나눠 잡아야 부드럽게 설 수 있다는 비유는 삶을 향한 조언처럼 들렸다. 나는 늘 어느 한쪽만 꽉 쥐고 달리다 흔들리곤 했다. 가치만 붙들면 현실이 무너지고, 현실만 좇으면 방향을 잃었다. 양손으로 브레이크를 나눠 잡듯 두 가지를 동시에 다루는 연습이 지금의 나에게 필요했다.

입학식을 마치고 밖으로 나오자 올림픽공원의 가을바람이 뜨거워진 뺨을 식혀주었다. 풍납토성 쪽으로 시선을 두며 생각했다. 이 땅을 지나온 사람들 역시 각자의 시대에서 균형을 잡기 위해 애썼을 것이다. 이제부터 나는 혼자 연습마당을 돌던 시간을 지나 낯선 사람들과 속도를 맞춰야 한다. 잘 타는 사람이 아니라 잘 배우고, 잘 멈출 줄 아는 학생으로.

나는 잠시 나를 설명하던 이름들을 내려놓았다. 이 자리에서는 얼마나 앞서 가느냐보다 얼마나 안전하게 함께 가느냐가 더 중요했다. 삶의 학교에 다시 입학한 왕초보의 페달질은 그렇게 조용히 시작되고 있었다.

다시 시작해도 괜찮아

아카데미 입학식을 마치고 본격적인 훈련이 시작되기 전 토요일, 가을바람 속에는 늦더위가 아직 남아 있었다. 나는 자전거 안장 대신 마곡 LG아트센터의 푹신한 의자에 앉아 있었다. 자전거 동호회가 정기적으로 이어온 문화모임의 일환으로 회원들과 함께 뮤지컬 〈맘마미아〉를 관람하는 자리였다.

김 회장이 이끄는 자전거동호회는 올봄에 창단된 신생 모임이다. 보통 자전거동호회라고 하면 허벅지 근육이 터져라 질주하며 속도를 겨루는 곳을 먼저 떠올린다. 나 같은 왕초보가 감히 낄 자리가 아니라고 생각했다. 남자들은 대개 어릴 적부터 자전거를 타고 놀았고, 여자들도 학창시절 한 번쯤은 타본 경험이 있는 사람들이 많다. 그런데 나는 예순이 넘도록 두 바퀴와 담을 쌓고 살았다. 균형 잡는 법도 모르는 내가 라이더들 틈에 섞인다는 건 갓 걸음마를 뗀 아기가 육상 선수들 사이에 서는 것만큼이나 주눅 드는 일이었다.

"우리 동호회는 달라요. 무조건 달리는 게 아니라 여행도 하고, 맛있는 것도 먹고, 공연도 봐요. 못 타면 기다려주니까 걱정 말고 오세요."

가입을 망설이던 내게 김 회장의 말은 분명했다. 질주보다 동행을, 속도보다 문화를 먼저 두겠다는 진심. 그 한마디가 망설이던 내 마음을 조용히 풀어주었다.

공연 전 저녁식사 자리, 식탁 위에서 많은 이야기들이 오갔다. 누군가는 안도 다다오의 건축미를 이야기했고, 누군가는 다음 주 라이딩 코스의 난이도를 이야기했다. 나는 밥을 먹으며 과연 내가 저들과 나란히 달릴 수 있을지 생각에 잠겼다.

문득 이런 생각이 스쳤다. 생명은 고정되는 순간 멈춘다는 말. 살아 있다는 건 끊임없이 균형점을 향해 움직이는 일이라는 것. 균형은 가만히 서 있는 상태가 아니라 두 경계 사이를 오가는 운동이라고 하지 않았던가. 안전만 붙들면 멈추고, 위험만 좇으면 넘어진다. 그 사이 어딘가에서 리듬을 찾아야 한다. 혹시 나는 '안전'이라는 이름으로 멈춰 서 있었던 건 아닐까. 넘어질까 봐, 뒤처질까 봐, 이미 늦었다는 이유로.

한번 내린 판단을 끝까지 붙드는 건 쉬운 일이다. 하지만 현실은 늘 조금씩 바뀐다. 길의 경사도 달라지고, 바람의 방향도 달라진다. 자전거를 탈 때 핸들을 미세하게 조정하지 않으면 금세 비틀거리듯 삶도 끊임없이 방향을 고쳐야 균형이 유지된다.

식사를 마치고 2층 카페에 앉아 커피를 마시며 창밖으로 떨어지는 빛을 보았다. 오늘 하루는 잠시 멈춘 정거장 같았다. 그러나 멈춤은 끝이 아니라, 다시 출발하기 위한 조율의 시간이라는 생각이 들었다.

공연장에 들어서 조명이 꺼지고, 음악이 시작되었다. 어둠 속에서 아바(ABBA)의 노래가 심장박동처럼 쿵쿵 울리기 시작했다. 무대 위에서 배우들은 춤추고 노래했다. 그 멜로디는 여전히 젊었지만 단순히 흥겨운 젊음만은 아니었다. 사랑의 열정과 이별의 통증, 그리고 시간이 지나서야 얻을 수 있는 성숙의 고요함이 한 곡 안에 함께 서 있었다.

〈Dancing Queen〉이 흘러나올 때였다.

"You can dance, you can jive!"

노래는 외치고 있었다. 무대 위에서 빛나는 건 구경꾼이 아니라 온

몸으로 춤추는 사람이라고. 인생의 주인공은 '잘 추는 사람'이 아니라 '추기로 마음먹은 사람'이라고.

그 장면을 보며 나는 지하 연습실에서 쭈뼛거리던 내 모습을 떠올렸다. 폼이 엉성할까 봐, 남들이 비웃을까 봐 출발조차 하지 못했던 시간들. 하지만 노래는 말하고 있었다. 지금 이 순간을 온몸으로 살아내는 사람만이 인생의 중앙무대에 설 수 있다고.

⟨The Winner Takes It All⟩은 상처 속에서도 품위를 놓지 않으려는 자존의 목소리였다. 완벽하게 이긴 사람보다 다 잃고도 무너지지 않으려 애쓰는 사람의 떨림이 더 크게 와닿았다. 그리고 마침내 ⟨Mamma Mia⟩가 울려 퍼졌다.

"Mamma Mia, here I go again (맘마미아, 나 다시 시작해)."

이 가사가 귓가에 꽂히는 순간, 가슴 안쪽에서 뜨거운 것이 울컥 올라왔다. '어머나, 세상에'라는 감탄사이자 혼란스러운 인생을 웃음으로 껴안는 주문 같은 말. 주인공 도나는 과거의 남자 셋을 한꺼번에 마주하는 황당한 상황에서도 결국 노래하고 춤춘다. 삶은 예고 없이 닥쳐오는 사고의 연속이지만 그럼에도 불구하고 "Here I go again(다시 가보자)" 하고 외치며 발을 내딛는 것. 그것이 인생이다.

나는 무대 위 배우들의 몸짓을 눈으로 쫓으며 어느새 내 안의 나와 함께 조용히 춤을 추고 있었다. 자전거도 마찬가지였다. 누군가 옆에서 기다려주고 방향을 알려줄 수는 있어도 균형을 잡고 페달을 밟는 일은 결국 내 몫이었다. 김 회장이 이끄는 이 동호회가 아무리 기다려주는 모임이라 해도 앞으로 나아가는 힘은 언제나 내 다리에서 시작된다.

'그래, 다시 시작해 보는 거야. 서툴면 어때. 넘어지면 다시 일어나면 되지.'

공연이 끝나고 커튼콜이 이어졌다. 관객들이 모두 일어나 박수를 치고 몸을 흔들었다. 나도 자리에서 일어나 박수를 쳤다. 함께 간 회원들도 환하게 웃고 있었다.

"Mamma Mia, here I go again."

삶은 여전히 계속되는 무대이고, 우리는 매번 처음처럼 출발선에 선다.

남의 자전거로는 멀리 갈 수 없다

추석 연휴 내내 비가 내렸다. 글쓰기엔 더없이 좋은 차분한 날들이었지만 가만히 앉아 있는 시간이 길어질수록 몸은 점점 굳어갔다. 무릎이 욱신거리고 허리도 뻐근했다. 몸이 근질거렸다. 페달을 밟고 싶다는 신호였다. 하지만 아직 내 자전거가 없다.

오늘은 자전거를 빌려서 타보자며 집을 나섰다. 호수공원과 가까운 작은 자전거 대여점을 찾았다.

"신분증 맡겨야 하나요?"

"아니요, 휴대폰 인증하시면 돼요."

주인은 무심하게 입구 쪽 자전거들을 턱짓으로 가리켰다.

“안장 높이 맞으면 아무거나 타세요. 2시까지 오시면 됩니다.”

그곳에 늘어서 있는 자전거들은 아카데미에서 보던 녀석들과는 달랐다. 나는 그중 가장 튼튼해 보이는 놈을 하나 골라 끌고 나왔다.

문득 옛날 생각이 났다. 내가 어릴 적만 해도 자전거는 레저용이 아니라 생계 수단이었다. 쌀가게 아저씨가 타던, 짐받이가 넓적하고 시커먼 그 자전거. 사람들은 그걸 ‘짐자전거’ 혹은 ‘쌀집 자전거’라고 불렀다. 그 시절 자전거는 무조건 튼튼해야 했다. 쌀 두 가마니는 거뜬히 실어 나를 수 있어야 했기에 무거운 강철로 뼈대를 만들었고, 기어 같은 건 아예 없었다. 오로지 다리 힘 하나로 그 무거운 쇳덩이를 굴려야 했다. 언덕이라도 만나면 짐칸의 무게까지 더해져 허벅지가 터질 듯 페달을 밟았다.

반면 요즘 자전거는 ‘과학’이다. 무게를 줄이기 위해 알루미늄이나 티타늄, 카본 같은 첨단 소재를 쓴다. 특히 선수들이 타는 로드 자전거는 7kg도 안 되는 것들이 많다. 쌀집 자전거가 20kg이 훌쩍 넘었던 걸 생각하면 세상이 참 멀리 와버린 느낌이다. 게다가 요즘은 기어가 22단, 24단까지 촘촘하게 달려 있어 손가락만 까딱하면 언덕도 평지처럼 오를 수 있다. 하지만 오늘 내가 빌린 이 대여점 자전거는 그 ‘과학’과 ‘옛날’ 사이 어중간한 어디쯤에 있는 녀석이었다.

호수공원으로 향하는 길, 나는 자전거를 타지 못하고 한참을 끌고 걸었다. 인파가 너무 많았다. 유모차를 끄는 부모, 뛰노는 아이들, 커피를 든 연인들. 그 사이를 비집고 들어가기에 나는 겁이 너무 났다.

공원 입구에 도착해 배낭에서 헬멧과 고글을 꺼내 썼다. 자전거는 낡은 대여용인데 머리에는 번쩍이는 헬멧을 쓰고 눈에는 고글까지 꼈으니 내 꼴이 꽤나 우스꽝스러울 것 같았다. 마치 정장을 입고 짚신을 신은 꼴이랄까. 그래도 어쩌랴, 내 몸은 내가 지켜야 하는 것을.

겨우 자전거도로에 올라타 페달을 밟았다.

'어라, 이게 아닌데.'

천호동에서 연습할 때 감독이 맞춰주었던 그 느낌이 아니었다. 안장은 조금 낮았고, 핸들은 너무 멀었다. 페달을 밟을 때마다 무릎이 어정쩡하게 굽혀졌다가 펴지기를 반복했다. 남의 신발을 신고 달리는 것처럼 모든 박자가 미세하게 엇나갔다. 빌린 자전거는 내 몸의 길이를 알지 못했고, 내 다리의 힘을 이해하지 못했다. 내가 자전거를 타는 게 아니라 자전거가 나를 신고 억지로 굴러가는 기분. 이것이 바로 '남의 리듬'이었다.

그래도 가을바람은 공평했다. 비싼 자전거를 탄 사람에게나 시간당 몇천 원짜리 자전거를 탄 나에게나 똑같이 시원하게 불어왔다.

고양꽃박람회장 근처까지 30분쯤 달렸을까. 땀이 등줄기를 타고 흐를 무렵이었다.

"철컥, 드드득."

갑자기 페달이 헛돌기 시작했다. 기어를 바꾼 것도 아닌데 체인이 튀는 소리가 났다. 다시 밟아보려 했지만 페달은 맷돌처럼 뻑뻑해지더니 이내 꿈쩍도 하지 않았다.

내려서 살펴보니 체인이 톱니바퀴 사이에 엉켜 있었다. 내가 잘못 타서 그런 걸까. 맥이 탁 풀렸다.

'그래도 이 정도 달렸으면 된 거지.'

스스로를 달래며 자전거를 질질 끌고 다시 대여점으로 돌아갔다. '좀 더 타볼까' 하는 마음은 이미 엉킨 체인과 함께 접힌 뒤였다.

자전거를 반납하고 집으로 돌아오는 길, 주머니 속 휴대폰이 울렸다. 자전거동호회 단체 채팅방이었다. 사진 한 장이 올라와 있었다. 남자 회원들이 라이딩 중간 휴식지에서 찍은 사진이었다. 그들은 손으로 자신의 자전거를 번쩍 들어 머리 위로 올리고 있었다. 파란 하늘을 배경으로 가볍게 날아오를 듯한 자전거들. 그건 그들의 자부심이자 그들이 소유한 세계의 무게였다.

'가볍구나. 저들의 바퀴는.'

　방금 전까지 쇳덩이 같은 대여 자전거를 끙끙대며 끌고 온 내 손바닥에는 쇠 냄새가 배어 있었다. 사진 속 그들은 두려움이 아니라 속도와 가벼움 사이에서 빛나고 있었다. 나와는 다른 세상 사람들 같았다.

　집에 도착해 소파에 앉았다. 당근마켓 앱을 켰다. 검색창에 '자전거'를 입력했다. 수많은 자전거가 화면 위로 쏟아졌다. 5만 원짜리 생활자전거부터 500만 원짜리 전문가용 중고까지. 나는 그 사이에서 한참을 망설였다. 너무 싼 건 무거울까 봐 겁나고, 좋은 건 가격이 무서웠다. 사이즈는 또 뭔지, 내 키엔 뭘 타야 하는지 알 수 없는 숫자들 앞에서 손가락은 자꾸만 멈칫거렸다. 초보자의 손끝에는 페달보다 망설임이 아직 더 익숙했다.

　'지금 사도 되는 걸까. 샀다가 또 무릎만 아프면 어쩌지.'

　결국 검색창을 닫았다. 그래도 오늘은 잘한 하루였다고 생각하기로 했다. 남의 자전거로나마 바람을 갈랐고, 내 몸에 맞지 않는 리듬이 얼마나 불편한지도 배웠으니까. 무엇보다 자전거는 가격이나 브랜드가 아니라 내 몸에 꼭 맞게 세팅된 '나만의 것'이어야 한다는 사실을 뼈저리게 느꼈다. 옛날 쌀집 아저씨의 짐자전거가 가족의 생계를 실어 날랐듯, 언젠가 내가 살 자전거는 내 삶의 새로운 균형을 실

어 나를 것이다. 비록 지금은 빌린 자전거 위에서 비틀거리지만 언젠

가는 나도 내 몸에 딱 맞는 가벼운 녀석을 한 손으로 번쩍 들어 올리

는 날이 오지 않을까.

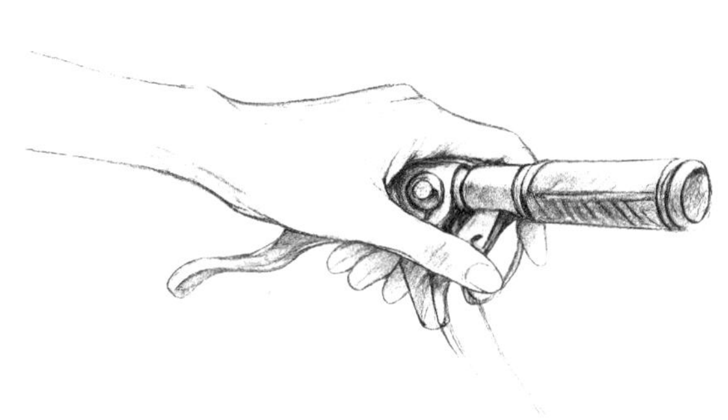

심장이 터지지 않을 만큼의 속도

자전거아카데미 두 번째 교육이 있는 날이다. 장소는 익숙한 천호동 광장이지만 혼자가 아니라 사람들 사이에 서 있으니 공기도 마음도 달랐다. 지난 추석 연휴 때 빌린 자전거로 낑낑대던 기억이 아직 생생한데 이곳에는 자신의 자전거를 가져온 동기들이 많았다. 이미 자전거를 능숙하게 타는 이들이 왜 자전거를 배울까라는 생각을 하면서 그 속에서 나만 왕초보라는 사실이 선명했다. 그래도 그 속에 조용히 섞여 보기로 했다.

오전 수업은 RPM(분당 회전수) 연습과 피팅(Fitting)부터 시작되었다. 받침대(고정 로라) 위에 자전거를 올려놓고, 우리는 하나씩 안장 높이부터 맞췄다. 자전거는 그냥 타는 게 아니라 내 몸에 맞춰야 하는 정밀한 기계였다.

"무릎을 쭉 펴고 발뒤꿈치를 페달에 올렸을 때 무릎이 곧게 펴지는 지점이 내 키에 맞는 안장 높이입니다."

감독의 설명에 따라 안장을 조절했다. 무릎이 겨우 펴지는 그 지점이 나의 균형점이었다. 페달을 밟는 발의 위치도 중요했다. 발바닥 아무 데나 딛는 게 아니었다. 엄지발가락 뒤의 툭 튀어나온 넓적한 뼈, 중족골이 페달 중심에 닿아야 힘이 다리에 고르게 퍼진다고 했다.

자세 교정도 이어졌다. 핸들을 잡을 때는 손목을 꺾지 않고, 팔꿈치는 살짝 안으로 모아야 한다.

"복부를 당기세요!"

감독의 주문대로 배에 힘을 주자 신기하게도 손목이 곧게 펴지고 상체의 흔들림이 줄어들었다. 단순한 동작처럼 보였지만 사실은 몸과 마음의 균형을 다시 설계하는 과정이었다.

이어지는 RPM 훈련. RPM은 'Revolutions Per Minute'의 약자로 1분 동안 페달을 몇 바퀴 돌리는지를 나타내는 숫자다. 60 RPM이면 1초에 한 바퀴, 90이면 1초에 한 바퀴 반을 도는 셈이다. 전문 라이더들이 말하는 '좋은 리듬'은 대개 80~90 RPM 사이라고 했다. 처음 측정했을 때 내 RPM은 80 정도였다. 기어를 바꾸고 조금 더 힘을 주어 밟으니 100까지 올라갔다. 공중에서 페달이 빙그르르 도는 동안 내 숨도 같이 가빠졌다. 강사는 말했다.

"숫자를 올리는 게 목표가 아닙니다. 내 호흡을 일정하게 유지하면서 그에 맞는 회전수를 찾는 게 중요해요."

RPM 숫자는 결국 다리의 속도이자 호흡의 리듬이었다. 너무 느리면 다리 근육에만 무리가 가고, 너무 빠르면 심장이 먼저 지친다. 그 사이 어디쯤 내가 가장 편안하게 멀리 갈 수 있는 리듬을 찾는 것. 그것이 오늘의 과제였다.

점심을 먹고 이어진 오후 수업에서는 또 다른 국가대표 출신 강사로 바뀌었다. 본격적으로 균형과 추진의 감각을 배우는 시간이었다.

"이번엔 안장에 앉지 말고 다리를 뻗어볼게요. 발끝으로 힘을 주되, 중심은 반대편 팔에서 잡습니다."

강사가 시범을 보였다. 한쪽 발로만 페달을 밟으며 균형을 잡는, 보기에도 아슬아슬한 동작이었다. 나는 연습용보다 크고 무거운 자전거를 배정받았다. 출발하는 순간부터 몸이 휘청거렸다. 핸들을 잡은 손끝이 떨렸고, 페달을 밟을 때마다 중심이 이쪽저쪽으로 쏠렸다.

결국 사단이 났다. 중심을 잃은 자전거가 기우뚱하더니 한 번 크게 넘어졌다. 몸이 앞으로 쏟아지고 손이 미끄러지는 그 짧은 순간, 세상이 한 번 뒤집혔다.

"으윽…."

무릎과 손바닥에 통증이 전해졌다. 아픈 것보다 창피함이 앞섰다. 동기들은 잘만 타는데 나만 꽈당 넘어지다니…. 그때 젊은 직원이 다가와 넘어진 나를 일으켜주며 조용히 말했다.

"괜찮습니다. 천천히 하세요."

그 말 한마디가 귓가에 크게 울렸다. 넘어져도 괜찮다는 말, 급하게 하지 않아도 괜찮다는 말. 그 말이 있었기에 나는 다시 페달 위에 발을 올릴 수 있었다. 다시 출발하며 알게 되었다. 균형이란 한 번에 완벽하게 서는 상태가 아니라 흔들림 속에서 다시 일어나려는 힘이라는 것을. 땅을 딛고 일어서는 그 짧은 순간, 몸이 기억하는 건 실패가 아니라 다시 한 번 해보려는 의지였다.

기어 변속의 원리도 함께 배웠다. 자전거를 타는 행위를 영어로 '사이클링(Cycling)'이라고 한다. '사이클(Cycle)'이라는 단어가 머릿속에 맴돌았다. 돌고 도는 것. 인생도 그렇다. 너무 세게 밀면 어느 순간 넘어지고, 완전히 멈추면 그대로 쓰러진다. 부드럽게, 그러나 꾸준히 돌리면 조금씩 나아간다. 빙글빙글 제자리만 도는 것 같아도 나선형처럼 아주 조금씩 멀리, 아주 조금씩 높이 가는 것. 그게 자전거가, 그리고 인생이 가르쳐주는 리듬 같았다.

수업을 마치고 나는 자전거동호회를 알게 해 준 그녀의 차를 얻어타고 부천으로 향했다. 나보다 먼저 두 바퀴에 올라 꾸준히 달려온 그녀는 자전거 안장에 앉은 지 1년도 되지 않아 훌쩍 실력이 늘어 이제는 나의 작은 이정표가 되어 주고 있었다.

부천은 내가 15년이나 살았던 도시다. 강남에서 이사를 온 그녀에게도 내게도 부천은 삶의 한 시절을 뜨겁게 통과해 나온 출발점 같은 곳이다. 그곳에서 나는 일로도 성장했지만 큰 이별도 겪었다.

차창 밖으로 익숙한 거리 풍경이 지나갔다. 아들은 자기 여동생을 자전거 뒤에 태우고 저 골목을 빙빙 돌곤 했다. 좁은 골목 사이를 빠져나가는 자전거 뒷좌석에서 까르르 웃던 딸의 목소리가 환청처럼 들려오는 듯했다. 그때의 페달 소리는 참 가벼웠는데 이제 그 리듬은 모두 흩어졌다. 아들은 먼 나라에서 자기 아이를 키우며 살고 있고, 딸은 돌아올 수 없는 곳으로 떠나 있다.

부천에 모여 살던 가족은 각자의 방향으로 흩어졌고, 나는 한 사람씩 떠나보내고 나서야 이 도시를 떠났다. 아마 그때부터였을 것이다. 이별이 더 이상 심장을 찢는 단어가 아니라 삶의 한 사이클로 느껴지기 시작한 건. 마음 한편은 여전히 저릿하지만, 떠나보내는 연습을 오래 해온 사람에게 이별은 이제 '멈춤'이라기보다 '다른 리듬으로 이어지는 전환'에 더 가까운 말이 된다. 그래서인지 두 바퀴 위에서 배우는 흔들림과 균형도, 쉼 없이 돌아가는 RPM의 숫자들도 그동안 겪어온 많은 만남과 헤어짐의 리듬과 겹쳐 보였다.

부천아트센터 앞에 차를 세우고 그녀와 나는 밤거리를 함께 걸었다. 호프 한 잔과 치킨을 앞에 두고, 우리는 부천에 살던 시절의 이야기부터 요즘의 일까지 두루 풀어놓았다. 그녀는 올해 초 자전거를 먼저 배운 선배로서 단호하지만 다정하게 말했다.

"자전거는 꾸준히 타야 실력이 늘어요."

그녀는 공부하듯 매일 자전거를 탔다고 했다. 멈추지 않는 그 힘이 지금의 그녀를 만든 원동력 같았다.

부천을 떠나 일산 집으로 가는 버스를 기다리며, 창밖으로 흘러가는 불빛을 멍하니 바라보았다. 오전에 배웠던 RPM 숫자들이 네온사인처럼 깜빡였다. 남들은 90, 100을 향해 달리지만 나는 내 호흡에 맞는 70, 80으로 가도 괜찮다고 생각했다.

'이왕 시작한 거, 끝까지 가보자.'

두 바퀴의 인연이 나를 어디까지 데려갈지 아직 모른다. 다만 오늘의 흔들림이 언젠가 나만의 균형으로 바뀌리라는 예감만은 분명하다. 지금 내게 필요한 건 남들을 따라잡는 속도가 아니라 내 숨이 터지지 않을 나만의 리듬이다.

60
70
80
RPM

한강에서 길을 읽다

자전거동호회의 10월 정기 라이딩이 비 예보로 인해 일정이 변경되었다는 소식을 들었다. 아쉬움보다는 안도감이 먼저 스쳤다.

'다행이다.'

솔직한 심정이었다. 나는 이제 막 걸음마를 뗀 왕초보이고, 이미 수년째 페달을 밟아온 베테랑들의 속도를 따라갈 자신이 없었다. 무리해서 따라가다 민폐를 끼치거나 내 몸이 고장날지도 모른다는 두려움이 마음 한구석에 무겁게 자리하고 있었다. 비 예부는 마치 "아직 준비가 안 됐으니 이번엔 쉬어가라"는 하늘의 신호처럼 느껴졌다.

그 대신 협업을 하고 있는 출판사 대표들과 번개 모임을 갖기로 했다. 장소는 고속버스터미널 8-1번 출구. 동호회의 웅장한 대열이 주는 부담감 대신 마음 맞는 출판 동료들과 천천히 달리면 한결 마음이 편할 것 같았다. 서초동에 사는 대표는 자신의 자전거 두 대를 직접 끌고 나왔고, 마침 생일을 맞은 또 다른 대표는 서울시 공공자전거 '따릉이'를 빌려왔다. 덕분에 나는 따로 자전거를 준비할 필요가 없었다. 이미 준비된 자리, 이미 마련된 두 바퀴 위에 올라타기만 하면 되었다.

하늘은 잔뜩 흐려 있었고, 언제라도 비가 쏟아질 것처럼 눅눅했다. 그래도 우리는 그냥 한번 달려보기로 했다. 처음 내가 빌려 탄 서초동 대표의 자전거는 브레이크를 잡을 때마다 "끼익—" 하고 신경을 긁는 소리를 냈다. 내가 너무 세게 잡는 줄 알았는데 녹이 슬어서 나는 소리라고 했다. 소리가 마음에 걸려 자전거를 서로 바꿔보았다. 스탠드가 없어 잠시 세워둘 때마다 불편했지만 새로 받은 자전거는 내 몸에 훨씬 잘 맞았다. 그제야 비로소 핸들을 쥔 손에 힘이 빠지고 마음이 놓였다.

두 사람은 자전거를 능숙하게 몰았다. 어릴 때부터 자전거를 타온 사람들에게서 느껴지는 묘한 여유가 있었다. 나는 겨우 네 번 강습을 받은 초보라 출발할 때마다 중심을 잡느라 휘청거렸다. 그래도 오늘은 자전거 선배들에게 몸으로 배우는 날이라고 생각하며 페달을 밟았다.

한강을 따라 세 대의 자전거가 나란히 달렸다. 잠수교 옆을 지나 동작대교를 향해 가는 길에 완만한 오르막이 나타났다. 뒤에서 따라오던 대표가 가볍게 외쳤다.

"오르막에서는 미리 기어를 바꿔야 해요!"

머리로는 알고 있었지만 손이 따라주지 않았다. 눈앞에 오르막이 다가오자 갑자기 두려움이 몰려왔고, 변속 타이밍을 놓친 다리는 급격히 무거워졌다.

결국 나는 자전거에서 내려서 걸었다. 기어를 미리 변속해서 힘을 아껴야 한다는 걸 알면서도 아직 몸에 충분히 새겨지지 않은 기술 앞에서 마음이 먼저 속도를 줄인 것이다.

강변 자전거길은 천호동 연습마당과는 또 다른 실전의 세계였다. 내가 느린 속도로 두 사람의 리듬을 끊는 건 아닐까 하는 미안함에 속도를 조금 내보려 할 때, 뒤에서 또 한 마디가 날아왔다.

"추월할 수 있게 오른쪽으로 붙으세요."

나는 핸들을 살짝 틀어 오른쪽 가장자리로 붙었다. 차선 밖으로 밀려나갈 것 같아 아찔했지만 다행히 선을 넘지 않고 다시 중심을 찾을 수 있었다. 천호동 연습장에서는 라이더들이 알아서 나를 피해 갔기에 크게 신경 쓸 일이 없었지만 이 길 위에서 자전거는 분명 '차(車)'였다. 내 바퀴가 달리는 위치가 곧 타인의 안전과 직결된다는 사실이 피부로 느껴졌다.

목표는 노들섬이 있는 한강대교였다. 가는 길에는 두 번 쉬어 갔고, 돌아오는 길에는 쉬지 않고 출발지인 반포한강공원까지 달렸다. 왕복 약 10km. 누군가에게는 짧은 거리일지 모르지만 내게는 그에 못지않게 값진 완주였다.

한강의 물결은 잔잔했고, 가을바람은 묵직한 손으로 내 등을 밀어 주는 것 같았다. 서초동 대표가 들려주는 주변 건물 이야기와 다리 이름의 유래를 들으며 달리다 보니 어느새 강변의 풍경이 익숙하게 눈에 들어왔다.

라이딩을 마치고 우리는 서울고속터미널 근처 중국집으로 갔다. 생일 축하와 출판 회의를 겸한 자리였다. 연태주와 이과두주 잔이 가볍게 부딪히고, 뜨거운 음식에서 김이 피어오르는 사이, 이야기는 자연스럽게 책과 콘텐츠 쪽으로 흘러갔다.

대화를 나누다 문득 깨달았다. 우리가 오늘 달려온 길의 일부는 얼마 전 내 출판사에서 발간한 책에 소개된 코스와 겹쳐 있었다. 의도

한 건 아니었지만 책 속에 활자로 박혀 있던 길을 실제로 페달을 밟으며 달린 셈이다. 책을 만들 때는 '걷기에는 다소 먼 여정'이라 적어두었던 그 길이 자전거라는 도구를 만나자 뜻밖에도 적당한 거리와 호흡으로 다가왔다. 길은 도구에 따라 다른 얼굴을 가진다는 사실을 나는 몸으로 먼저 알아차리고 있었다.

자연스럽게 이런 말이 흘러나왔다.

"책 속의 길을 실제로 달리는 자전거 투어, 같이 기획해 보면 어떨까요?"

말은 가볍게 나왔지만 그 안에는 생각보다 많은 것들이 겹쳐 있었다. 길 위에서의 안전, 속도를 맞추는 법, 책임의 문제, 그리고 누군가의 하루를 맡는다는 일의 무게까지. 우리는 그 모든 것을 정확히 말하지는 않았지만 말하지 않아도 서로 알고 있다는 듯 고개를 끄덕였다.

한강의 바람이 오늘 내 체력의 한계를 조금 밀어주었던 것처럼 그 한마디는 새로운 기획의 문을 살짝 열어젖혔다. 사람의 생각은 글이 되고, 글은 길이 된다. 그리고 그 길 위를 누군가 함께 달릴 때, 그것은 삶이 되고 경험이 되며 때로는 사업이 되기도 한다.

하지만 우리는 서두르지 않기로 했다. 어떤 기획은 당장 실행하지 않아도 된다. 충분히 숙성되기 전에는 말로만 존재하는 편이 더 안전한 생각들도 있다. 우리는 그 아이디어를 테이블 위에 잠시 올려두고, 다시 잔을 부딪쳤다.

"지나갑니다"는 경고가 아니라 배려다

빌린 자전거는 아직 내 몸에 길들지 않아 페달을 밟아도 좀처럼 속도가 붙지 않았다. 마음은 앞서가는데 바퀴는 자꾸만 뒤처졌다.

그때였다. 뒤에서 바람을 가르는 소리와 함께 날렵한 라이더들이 내 옆을 스쳐 지나갔다.

"지나갑니다! 추월합니다!"

그들의 목소리는 우렁찼고, 그 말은 자전거도로 위의 예의 바른 경고였다. 하지만 그 순간, 내 귀에는 그 말이 마치 비난처럼 들렸다 "잠깐만 비켜요"가 아니라, "당신은 너무 느려요", "아직 이 길의 리듬을 모르시는군요"라고 꾸짖는 소리처럼 느껴졌다. 그 한마디에 나는 어깨가 움츠러들고 손끝이 핸들을 더 꽉 쥐게 되었다. 옆을 둘러봐도 좁은 길이라 빠져나갈 틈이 마땅치 않았고, 결국 나는 자전거를 길가에 세우고 멈춰 서서 가쁜 숨을 골라야 했다. 나의 느림이 그들의 흐름을 방해한 것 같아 얼굴이 화끈거렸다.

천호대교에서 올림픽대교까지 얼마 가지도 못해 나는 강변 벤치에 주저앉았다.

'고작 이 정도도 못 가는구나.'

스스로를 향한 자책이 스쳤다. 하지만 강변에서 불어온 바람이 땀을 식혀주며 그 생각을 조용히 덮어주었다. 강물은 아무 말 없이 흘러가고, 의자는 내 등을 묵묵히 받쳐 주었다. 오늘은 여기까지 와 준 것만으로도 충분하다고, 누가 말해주지 않아도 몸이 먼저 알아듣는 것 같았다.

고개를 들어보니 멀리 올림픽대교 위 횃불 모양의 조형물이 눈에 들어왔다. 저 횃불은 88올림픽의 환호를 상징하지만 동시에 그 다리를 짓다 희생된 이들의 비명이 겹쳐 있는 곳이기도 하다. 빛은 늘 기쁨만을 상징하지 않는다. 그 불꽃을 바라보며 생각했다. 나도 그런 시간을 지나왔다. 기쁨과 두려움, 도전과 상처가 같은 날씨처럼 번갈아 오던 시간들. 언젠가 내 안의 이 두려움도 저 봉화처럼 소리 없는

빛으로만 남을 수 있을까. 오늘의 떨림도 언젠가 그저 "그랬지" 하고 웃으며 말할 수 있는 기억이 될까.

다시 천호대교로 돌아와 자전거를 지하 보관소에 두려던 순간이었다. 계단을 내려가다 자전거 무게에 중심이 흔들리며 발등이 '쿵' 하고 자전거에 찍혔다. 짧고 날카로운 통증이 발끝에서 머리까지 치고 올라왔다. 순간, 8년 전 사무실 의자에서 떨어져 팔목이 부러졌던 기억이 번개처럼 스쳤다. 그때 '이제는 조금 조심해서 살라'는 신호를 몸으로 받았었다.

'이쯤에서 자전거랑 인연을 놓으라는 뜻일까.'

아카데미 샤워실에서 찬물을 발등에 오래도록 뿌리며 생각했다. 내 몸과 아직 맞지 않는 자전거, 어설픈 안장 높이와 핸들의 각도, 무릎과 허리의 긴장 같은 작은 어긋남들이 오늘의 사고로 이어졌다는 것을. 큰일은 늘 거창하게 시작되지 않는다. 사소한 불편을 "이 정도쯤이야" 하고 넘긴 자리에 통증이 조용히 쌓여 있다가 어느 날 툭, 하고 튀어나오는 법이다.

그런데 한편으로는 이런 생각도 들었다. 두려움이란 꼭 피해야 하는 적일까. 자전거 위에서 느끼는 두려움은 내 한계를 알려주는 안전한 경계선 같았다. '여기서 더 가려면 준비가 필요하다', '이 속도는 지금의 너에겐 무리다' 하고 알려주는 신호. 두려움을 무시하고 억지로 달릴 수도 있겠지만 그건 결국 더 크게 넘어지는 방식으로 배우게 될지도 모른다.

오늘의 자전거는 끝내 잘 달리지 못했고, 나는 내내 어깨에 힘을 빼지 못했다. 하지만 강변에서 불어오던 바람은 두려움 위에 부드럽게 얹혀 잠시나마 나를 앞으로 밀어주었다. 비록 짧은 거리였지만 그 짧은 거리만큼은 '나는 아직 배우는 중이다'라는 사실을 인정하며 나아갈 수 있었다.

집으로 돌아오는 길에 문득 알았다. 자전거는 바람을 느끼게 하는 도구이고, 두려움은 멈춰 서야만 들리는 또 다른 바람이라는 것을. 앞으로 나아가게 하는 바람과 잠시 멈추라고 말하는 바람. 그 두 바람 사이에서 나는 흔들리며, 그래도 조금씩 앞으로 굴러가고 있었다.

다리 밑에서 배운 인생의 기어

계단에서 자전거가 넘어지며 발등을 찍은 통증은 오래 남았다. 몸이 흔들리면 마음도 함께 흔들린다는 것을 두 바퀴 위에서 선명하게 배웠다. '지나갑니다'라는 말이 비난처럼 들렸던 순간도, 벤치에 주저앉아 숨을 고르며 바람에 땀을 식히던 장면도 내 안에서는 아직 정리되지 않은 채로 굴러가고 있었다.

그리고 삶은 늘 그렇듯 의욕이 앞서면 몸이 먼저 브레이크를 걸었다. 주말 아침 자전거를 타려던 계획은 새벽부터 찾아온 오한에 무너졌다. 온몸이 떨리고 목구멍이 따끔거리는 감기 몸살. 빌려온 헬멧은 현관에 그대로 둔 채, 나는 사흘을 꼼짝없이 이불 속에 웅크려 있어야 했다.

몸은 가만히 있지 않는다. 균형이 기울면 가장 먼저 신호를 보낸다. 열이 오르고 오한이 드는 것은 단순한 고장이 아니라 몸이 스스로 균형을 되찾으려는 과정이다. 체온을 일정하게 유지하려는 힘, 흔들린 상태를 다시 원래의 자리로 돌려놓으려는 힘. 생명은 늘 그런 방식으로 균형을 되찾아 간다.

생명 조절은 결국 항상성의 유지다. 그것은 두 개의 상반된 상태 사이를 오가며 절충하는 과정이다. 너무 차가워도 너무 뜨거워도 오래 버틸 수 없다. 안전과 위험, 나아감과 멈춤, 긴장과 이완. 우리는 그 모순적인 상태들을 끊임없이 이동시키며 그 사이 어딘가의 균형점을 찾는다. 그 왕복 운동이 곧 리듬이다. 내 몸은 열을 펄펄 끓이며 내게 단호하게 말하고 있었다. 지금은 멈추라고, 속도를 낮추라고.

사흘간 창밖의 나뭇잎이 바람에 흔들리는 것을 멍하니 바라보며 조금씩 이해하게 되었다. 나아감은 욕망의 언어이고, 멈춤은 성찰의 언어라는 것을. 두 가지가 균형을 이뤄야 삶은 쓰러지지 않는다.

열이 내릴 즈음, 이 강제된 멈춤이 사실은 더 멀리 가기 위한 재정비 구간이었음을 받아들이게 되었다. 생명이 나를 대신해 브레이크를 잡아준 시간이었다.

새벽 1시에 눈이 떠졌다. 몸살 기운은 물러갔고, 대신 목마른 사람처럼 바깥 공기가 그리워졌다. 아침 5시, 나는 엉겅퀴와 메리골드를 우려낸 따뜻한 차를 텀블러에 담아 집을 나섰다. 아직 어둠이 채 걷히지 않은 버스 안에는 하루를 먼저 시작하는 사람들이 앉아 있었다. 그 부지런한 공기 속에 섞여 있다는 것만으로도 몸이 조금 더 나아지는 기분이었다.

감독에게 연습을 하겠다고 했더니 늘 타던 것이 아닌 다른 자전거가 놓여 있었다. 지난번 다쳤다는 말을 꺼낸 적도 없는데 텔레파시가 통한 걸까. 안장을 잡고 끌어보니 미세하게 다른 무게중심이 손끝에 전해졌다.

오늘은 연습마당을 빙빙 도는 '원'의 세계에서 목적지를 향해 나아가는 '선'의 세계로 나가 보기로 했다. 자전거도로에 들어서자 긴장이 앞바퀴를 누르는 것 같았지만 페달을 밟자 생각보다 부드럽게 앞으로 나아갔다. 광진교 아래 강변까지 그 짧지 않은 거리를 내 힘으로 달려왔다는 사실이 벅찼다.

달리다가 강가에 서 있는 녹슨 계선주 앞에서 멈췄다. 한때 배를 붙잡아 두었을 그 쇠기둥을 보며, 내 안에 묶여 있던 걱정과 두려움의 밧줄을 스르르 풀어 강물에 흘려보냈다.

그때 휴대전화에 알림이 떴다. 호주를 거쳐 캐나다로 떠난 아들이 시민권을 얻었다는 소식이었다. 고등학교 1학년 때 다니던 학교를 그만두고 유학길에 올랐던 아이. 그 아이를 뒷바라지하느라 내 삶은 한동안 절벽 가장자리를 걷는 듯 위태로웠다. 보내는 마음은 늘 불안했고, 붙잡지 못하는 손은 허공에서 오래 떨렸다. 그런데 이제 아들은 먼 땅에서 가정을 이루고, 자기 이름으로 단단히 뿌리를 내리고 있다.

인생은 늘 모순으로 이루어져 있다. 위기 속에서 기회가 자라고, 어둠 속에서 빛이 자란다. 떠남이 있어야 돌아올 자리가 생기고, 놓아야 비로소 붙잡을 수 있다. 자전거도 그렇다. 두 바퀴는 나란히 붙어 있는 듯 보이지만 같은 자리에 서지 않는다. 앞바퀴는 방향을 먼저 틀고, 뒷바퀴는 그 결정을 묵묵히 밀어준다. 하나는 길을 열고, 하나는 힘을 보탠다.

기어 변속도 묘하다. 왼쪽과 오른쪽이 서로 반대의 원리로 움직인다. 한쪽을 올리면 다른 쪽은 내려가고, 무리하게 한 방향만 밀어붙이면 체인은 금세 비명을 지른다. 앞으로 나아가려면 서로 다른 움직임이 동시에 맞물려야 한다. 모순처럼 보이는 구조가 균형을 만든다.

부모와 자식도 다르지 않은 것 같다. 아들은 앞바퀴처럼 먼저 방향을 틀어 자기 길을 향해 달려갔고, 나는 뒷바퀴처럼 남아 그 길이 흔들리지 않도록 힘을 보탰다. 우리는 같은 속도로 달린 적은 없지만 같은 축 위에서 연결되어 있다. 함께 굴러가되 서로의 자리를 대신할 수는 없는 거리. 그 간격이 있었기에 넘어지지 않았다.

나는 문득 깨달았다. 균형은 나란히 서 있는 상태가 아니라 서로 다른 역할을 인정하는 데서 온다는 사실을. 인생이 모순으로 이루어졌다는 사실이 서글픈 것이 아니라 오히려 그 모순 덕분에 우리는 앞으로 나아갈 수 있다는 사실을.

다시 자전거에 올랐다. 광진교 아래는 평지처럼 보이지만 미세하게 경사진 구간이 있다. 초보자인 내 다리는 그 작은 오르막을 귀신같이 알아채고 긴장했다. 오늘의 미션은 '기어 변속'이었다.

"힘들기 전에 미리 바꾸세요."

감독의 말이 귓가에 맴돌았지만 막상 오르막이 닥치면 손이 굳었다. 타이밍을 놓쳐 뒤늦게 레버를 누르면 체인이 "철컥!" 하고 비명을 질렀다. 그 소리가 마치 "너 또 늦었어!"라고 꾸짖는 것 같아 등줄기에 땀이 흘렀다.

몇 바퀴를 돌며 다시 시도했다. 경사가 시작되기 직전, 발에 힘을 살짝 빼고 부드럽게 '딸깍'. 그러자 거짓말처럼 페달이 가벼워지며 다리가 쑥 돌아갔다. 숨이 차오르기 전에 미리 짐을 덜어내는 기술. 기어는 더 빨리 달리기 위한 장치가 아니라 내 숨을 지키며 오래 달리기 위한 장치였다.

그렇게 혼자 연습에 몰입해 있을 때였다.

"끼익, 끽—"

금속이 비명을 지르는 듯한 소리가 자전거에서 흘러나왔다. 덜컥 겁이 났다. 고장이 난 걸까? 어디를 만져야 할지 몰라 발을 동동 구르고 있는데 빨간 자전거를 탄 남자가 다가왔다. 낯선 얼굴이었지만 왕초보인 내게는 모르는 것이 있으면 곧바로 물어보는 수밖에 없었다.

"이거… 어디가 문제일까요?"

내 질문에 그는 천천히 웃었다. 자전거를 해체하고 조립해온 세월을 가볍게 내뱉듯 말하며, 수십 번 사고를 겪었노라 했다. 그러니 웬만한 고장은 눈에 보인다고.

"소리가 여기서 나네요."

그의 손길이 내 자전거에 닿았다. 바퀴와 체인을 몇 번 만지자 금속의 비명은 거짓말처럼 잦아들었다. 그는 안장 높이를 조절해 주고, 헬멧 각도를 바로잡아 주었다. 고글은 헬멧 바깥에 써야 눈을 다치지 않는다고, 안전은 사소한 습관에서 시작된다고 덧붙였다. 그는 잔뜩 굳어 있는 내 어깨를 보며 말했다.

"자전거랑 싸우지 마세요. 어깨 힘 빼시고, 자전거가 가는 대로 몸을 얹으세요."

나는 곧장 반박했다.

"고수니까 쉽죠. 초보가 어떻게 그렇게 합니까?"

그는 대답 대신 묘기를 보여주었다. 브레이크를 잡지 않고 달려가며 몸을 흔들어도 중심을 잃지 않았다. 말보다 몸이 설득력이 있었다. 그의 방식대로 어깨의 힘을 빼고 하체에 중심을 실으니 신기하게도 균형이 잡혔다.

"자세를 바로잡아야 운동이 됩니다."

그는 자전거를 36년 전 150만 원을 주고 샀다며 안장 밑 작은 주머니를 열어 보여주었는데 낡은 수리 도구들이 가지런히 들어 있었다. 부품조차 사라진 세월을 그는 스스로 고치며 자전거와 함께 살아온 듯했다.

어느덧 해가 기울었다. 페달을 멈추고 자전거를 끌며 걷는데 전날 밤 꿈이 떠올랐다. 잘 기억나진 않지만 꿈속에서도 나는 누군가에게 자전거 코칭을 받고 있었다. 현실과 꿈이 겹쳐지는 순간, 오늘의 만남이 우연이 아니라는 생각이 들었다.

연습실 앞에서 작별할 때 내가 아는 건 단 하나, 그는 명일동에 산다는 사실뿐이었다. 이름도 밝히지 않은 채, "안장을 조금 더 높여야 무릎이 안 다친다"는 마지막 조언을 남기고 그는 바람처럼 사라졌다.

다리 아래에서 만난 낯선 스승. 그가 고쳐준 것은 자전거뿐만이 아니었다. 긴장으로 꽉 조여 있던 내 마음의 나사까지 조용히 풀어주고 간 셈이었다. 혼자라고 생각했지만 길 위에는 언제나 돕는 손길이 있었다.

나는 한결 가벼워진 페달을 밟으며 생각했다. 멈춤은 끝이 아니라 다시 제대로 굴러가기 위한 가장 중요한 동작이라는 것을. 그리고 인생의 기어는 숨이 무너지기 전에 미리 바꾸는 것임을.

3부

고개를 넘으며 배우는 것들

변속의 타이밍

자전거아카데미 세 번째 수업 날, 지난 두 주 동안 혹사당한 엉덩이를 생각하며 나는 제법 단단히 준비를 했다. 안장에는 푹신한 젤 커버를 씌우고, 신발도 바꿨다. 온라인에서 비교적 저렴하게 구입한 자전거용 운동화였지만 밑창이 단단해 페달 위에 발을 올렸을 때 느낌이 확연히 달랐다. 발바닥이 덜 흔들리고, 힘이 중간에서 새지 않고 곧장 페달로 전달되는 기분이었다.

그전에는 쿠션이 많은 러닝화를 신었다. 걷거나 뛸 때는 충격을 잘 흡수해주지만, 페달을 밟을 때는 오히려 밑창이 말랑하게 눌리며 힘이 분산되었다. 발이 미끄러질까 신경이 쓰였고, 발끝에 쓸데없는 긴장이 들어갔다. 그런데 밑창이 단단한 신발을 신으니 발이 페달 위에 더 안정적으로 얹힌 듯했다. 작은 차이였지만 페달링의 리듬이 한결 또렷해졌다.

초보자의 엉덩이를 살려주는 것은 안장에 씌우는 젤 커버가 아니라 패드가 내장된 자전거 바지라는 사실을 나중에서야 알게 되었다. 그 패드는 안장에 닿는 좌골 부위에 맞춰 두께와 밀도를 달리해 압력을 넓게 분산시킨다. 덕분에 오래 앉아 있어도 통증이 한곳에 모이지 않는다. 자전거를 오래 탈수록 그 차이는 분명해졌고, 나는 몸으로 겪으며 그 원리를 이해하게 되었다.

하지만 발의 위치를 잡는 일은 여전히 쉽지 않았다. 감독은 중족골이 페달 중심에 정확히 올라가야 한다고 강조했다. 발이 조금만 앞으로 가면 힘이 허공으로 새는 것 같고, 뒤로 가면 무릎이 뻐근하게 당겼다. 눈으로는 잘 보이지 않는 몇 밀리미터의 차이인데 내 몸은 그 작은 거리를 예민하게 느끼고 있었다. 그 미세한 균형점을 찾아내는 일이 오늘 내게 주어진 첫 번째 과제였다. 발 위치가 흐트러지면 무릎이 바깥이나 안쪽으로 흔들리기 쉽다. 페달을 밟을 때 무릎이 앞을 향해 곧게 떨어지는지, 내 무릎이 자꾸 어디로 도망치는지 그걸 느끼는 게 중요했다.

오늘 수업은 지난 시간에 가르쳐 주었던 코치가 맡았다. 그는 기어를 "힘과 회전수를 조율하는 균형 장치"라고 설명했다.

"쉬운 기어로 가면 페달은 휙휙 돌아가지만 힘은 덜 듭니다. 오르막이나 출발할 때 좋죠. 반대로 어려운 기어로 가면 한 번 밟을 때 멀리 나가지만 다리에 힘이 많이 들어갑니다. 평지에서 속도를 낼 때 씁니다."

강사는 힘으로만 달리지 말고 길의 경사와 내 숨소리에 맞춰 기어를 부지런히 바꿔야 오래 탈 수 있다고 했다. 여기서 핵심은 '힘들어진 다음'이 아니라 '힘들기 전에'였다. 오르막이 시작되고 다리가 굳은 뒤에 바꾸면 체인은 억지로 톱니를 건너며 소리를 낸다. 그래서 변속은 결국 예감의 기술이다.

연습마당을 돌며 기어 변속을 연습했다. 오른손 레버로 뒤 기어를 바꾸면 페달이 가볍게 돌아가기도 하고, 반대로 더 무겁게 느껴지기도 했다. 문제는 왼손이었다. 감독은 예전에 "왼손, 그러니까 앞 기어는 큰 흐름을 바꾸는 장치"라고 말한 적이 있었다. 한 번 바꾸면 자전거의 리듬이 달라진다.

하지만 내 왼손은 좀처럼 말을 듣지 않았다. 레버를 꾹 당길 때마다 체인이 '철컥' 하고 톱니를 갈아타며 비명을 질렀고, 그 충격에 자전거가 휘청거려 겁이 났다. 그때 코치가 말했다.

"변속할 땐 잠깐만 힘을 빼세요."

딱 한 박자. 페달에 실린 무게를 아주 잠깐 내려놓고 '딸깍'. 그 짧은 틈이 체인을 살린다.

어느 순간부터 기어는 그저 차가운 기계 부품이 아니라 내 다리의 호흡에 맞춰 음을 바꿔주는 악기처럼 느껴졌다. 힘을 넣어야 할 때와 힘을 빼야 할 때가 기어의 '딸깍' 소리와 함께 분명하게 나뉘었다. RPM은 숨의 박자다. 속도가 느려도 페달이 너무 무겁게 느려지면 무릎이 먼저 상하고, 반대로 너무 가볍게 허공을 차면 몸이 붕 뜬다. 내게 맞는 박자를 찾는 게 오래 타는 법이다.

점심을 먹은 뒤에는 잠실선착장까지 왕복하는 주행 실습이 이어졌다. 처음으로 자전거 한 대 간격으로 줄을 맞춰 달리는 단체 라이딩이었다. 나는 맨 뒤에서 출발했다. 출발선에서부터 이미 숨이 찼다. 단체 주행은 속도보다 예측 가능함이 중요하다고 했다. 급브레이크 잡지 않기, 갑자기 옆으로 비키지 않기, 멈출 땐 미리 손짓하고 천천히 가장자리로 빠지기. '안전'이란 기술이기도 하지만 결국은 서로에 대한 배려인 것이다.

얼마 지나지 않아 작은 언덕이 나타났다. 마음이 앞서 기어를 언제 내려야 할지 가늠하지 못한 채 그대로 달려들었다. 손이 늦게 반응하는 사이 페달은 돌덩이처럼 무거워졌고, 나는 끝내 언덕 한가운데서 발을 땅에 짚고 멈춰 섰다. 그제야 떠오른 말이 있었다.

"멈추기 전에 기어를 가벼운 쪽으로 미리 내려두세요."

그래야 언덕에서 멈춘 뒤 다시 출발할 때 첫 페달이 덜 잔인하다. 하지만 그런 말들은 늘 이미 멈춰 선 뒤에야 기억난다.

앞서 가던 행렬은 순식간에 시야에서 멀어졌다. 귓가에 남은 건 내 거친 숨소리와 더 이상 돌지 않는 바퀴의 적막뿐이었다. 그때 '낙오'라는 단어가 현실처럼 가슴에 와 닿았다.

'역시 무리였나. 나는 안 되는 건가.'

이상하게도 그 순간 내 안에서 가장 먼저 튀어나온 건 기술이 아니라 결핍이었다. '나는 아직 이 길의 리듬을 모른다'는 사실보다 '나는 여기 있을 자격이 없다'는 오래된 감각. 누군가 앞질러 갈 때마다, 누군가 멀어질 때마다 내 안의 어떤 방이 텅 비어 있는 것처럼 서늘해지는 감각이 올라왔다. 나는 그 텅 빈 곳을 채우려고 자꾸만 더 빨리, 더 잘, 더 괜찮은 사람처럼 달리려 했던 건지도 모른다.

그때 뒤에서 자전거 한 대가 조용히 다가왔다.

"괜찮아요. 작가님 속도에 맞춰 천천히 가시면 됩니다."

　지난번 수업에서 넘어졌을 때도 나를 기다려 주었던 그 청년이었다. 누군가는 앞에서 길을 열고, 누군가는 뒤에서 떨어지는 사람의 등을 받쳐준다. 혼자 버려진 줄 알았던 순간, 누군가 나를 기다리고 있다는 사실이 생각보다 큰 힘이 된다는 걸 실감했다.

　그 청년이 내게 해준 건 단순히 '안전한 페이스'가 아니었다. 내 안에서 자꾸만 날카롭게 울리는 목소리, '너는 느려', '너는 부족해' 같은 말들에 즉각 반응하지 않게 해주는 조용한 벽 하나를 세워 준 것이었다.

　그래, 낙오라는 단어도 머릿속의 비난도 전부 반응해야만 하는 말은 아닐지 모른다. 자전거 위에서는 때로 대답 대신 자세를 고치고 기어를 바꾸는 게 더 정확한 응답이다.

　나는 다시 일어섰다. 바퀴를 일으키고, 숨을 한 번 고르고, 핸들을 바로잡았다. 청년은 재촉하지 않았다. 그저 손짓으로 "이쪽이에요" 하고 길을 열어주었다. 우리는 일행이 지나간 방향으로 조심스럽게 페달을 밟았다. 하지만 얼마 못 가 앞에는 아무도 보이지 않았다. 방금 전까지 이어져 있던 바퀴의 행렬이 마치 물결처럼 사라진 길. 순간 마음이 또 움찔했지만 옆에는 한 대의 자전거가 나란히 달리고 있었다. 오늘은 그 한 대면 충분했다.

청년과 나, 둘만의 주행이 시작됐다. 그는 속도를 크게 올리지 않고 내가 숨을 들이쉬는 길이만큼만 앞으로 갔다. 내가 기어를 바꾸려 손을 망설이면 뒤에서 바퀴 소리를 조금 낮춰 주며 기다려 주었다. 낙오의 감각이 조금씩 다른 얼굴로 바뀌었다. 결핍이 아니라 학습. 탈락이 아니라 조율.

그렇게 우리는 잠실선착장 반환점까지 닿았다. 그곳에는 일행이 기다리고 있었다. 멀리서 헬멧들이 작은 점처럼 모여 있는 게 보이는 순간, 가슴이 이상하게 뜨거워졌다. ‘나도 왔구나.’ 뒤처진 사람이 아니라 합류한 사람으로 서 있게 된 자리였다.

잠시 숨을 고른 뒤 다시 출발할 때는 감독이 내 뒤로 붙었다. 마치 보이지 않는 안전바처럼 내가 흔들릴 때마다 바람이 내 등을 받쳐주는 느낌이 들었다.

“괜찮아요. 지금 페달, 좋아요.”

그 짧은 말들이 내 어깨에서 힘을 조금씩 빼주었다. 누군가 내 뒤에 있다는 사실만으로도 나는 끝까지 갈 수 있었다.

수업이 모두 끝난 뒤, 우리는 천호동 카페로 자리를 옮겼다. 창밖에는 여전히 자전거들이 오가고 있었다. 조금 전까지만 해도 숫자와 원리로만 느껴지던 기어비, 변속, RPM 같은 말들이 이제는 내 다리의 피로와 숨의 리듬, 그리고 안장 위에서 흔들리던 균형과 연결되어 있었다.

머리로만 이해할 때 자전거는 그저 단단한 쇳덩어리일 뿐이다. 하지만 몸으로 겪어낸 하루가 쌓이자 두 바퀴는 어느새 나의 근육과 호흡, 두려움과 용기를 함께 신고 굴러가는 작은 세계가 되었다.

오늘, 나는 내 안에서 기어가 맞물려 돌아가는 소리를 분명히 들었다. 몸과 마음, 의지와 균형이 하나의 리듬으로 이어지는 소리. 그리고 그 리듬 속에서 모든 말에 반응하지 않아도 나는 앞으로 갈 수 있다는 것을 조용히 배웠다.

내 그릇만큼의 속도로 가겠다는 다짐

아카데미 3주차 주행 실습을 사흘 앞둔 이른 아침, 감독에게서 전화가 왔다.

"이번 실습 나가기 전에 기본기를 한 번만 더 다집시다. 아무래도 걱정이 돼서요."

할 일은 산더미처럼 쌓여 있었지만 그 말이 고마워 나는 만사를 제쳐두고 천호동으로 향했다.

연습장에 도착하자마자 우리는 자전거를 세워두고 '자전거 체조'부터 시작했다. 자전거를 타기 전에는 반드시 굳어 있던 관절을 깨워야 한다.

"자, 손목, 발목 돌려주고! 무릎 크게 돌리고!"

감독의 구령에 맞춰 손목과 허리, 무릎을 천천히 풀었다. 단순해 보이는 동작이었지만 이 순서를 지나고 나면 몸은 말보다 먼저 "이제 움직여도 된다"는 신호를 보낸다. 자전거는 다리만으로 타는 운동이 아니라 온몸의 관절이 유기적으로 연결되어 움직이는 전신 운동이기 때문이다.

텅 빈 연습마당에서 다시 기본으로 돌아갔다. 안장에 올라 두 발을 페달에 올리자 자전거가 미세하게 흔들렸다. 감독이 멀찍이서 말했다.

"시선을 멀리 두세요. 바닥 말고 저기 저 끝에 있는 나무를 보세요."

나는 숨을 한번 고르고 시선을 들어 연습마당 끝 자전거도로 입구에 있는 큰나무를 바라보았다. 그러자 신기하게도 흔들리던 핸들이 조금씩 안정되었다. 천천히 페달을 굴리며 작은 원을 그리듯 돌렸다. 속도를 내지 않아도 자전거는 앞으로 나아갔다.

이번에는 멈추는 연습이었다. 브레이크를 확 잡지 말고 앞뒤를 나눠 부드럽게 속도를 조금 남긴 채 멈추자 자전거가 툭 하고 균형을 잡았다. 발을 내릴 타이밍을 머릿속으로 먼저 그려보고, 그다음에야 땅을 짚었다.

"지금 좋아요. 급하게 하지 말고, 매번 같은 리듬으로."

나는 연습마당을 한 바퀴 돌고 멈추기를 반복했다. 돌고, 멈추고, 다시 출발하고. 그 단순한 동작이 점점 덜 무서워졌다. 넘어질 것 같던 순간마다 '멈출 수 있다'는 확신이 먼저 떠올랐다.

한 시간의 집중훈련이 끝나자 이마에 땀이 맺혔다. 지하 연습실로 돌아와 마무리 체조를 했다. 훈련의 시작과 끝을 맺는 이 시간은 내 몸을 돌보는 동시에 자전거와 내 몸 사이의 긴장을 조율하는 순간이다.

숨을 고르며 땀을 식히고 있을 때, 감독이 태블릿 PC를 꺼냈다.

"2월에 가는 베트남 자전거 투어, 같이 가시면 참 좋을 텐데… 이거 한번 보실래요?"

화면에는 지난 기수들이 베트남을 다녀온 기록이 재생되고 있었다. 사실 며칠 전 단톡방에 올라온 일정표를 보고 나는 이미 겁부터 집어먹은 상태였다. 붕따우에서 호짬을 거쳐 판티엣으로 이어지는 일정, 합치면 거의 100km에 가까운 거리였다. 게다가 베트남은 오토바이 천국으로 악명 높지 않은가. 신호등도 무시한 채 물밀듯이 쏟아져 나오는 오토바이들 사이로 내 서툰 자전거가 섞인다는 상상만으로도 등골이 서늘했다.

내 마음을 읽은 듯 감독은 화면을 넘겨 특정 구간을 보여주었다.

"시내는 복잡하지만 우리가 달릴 곳은 여기예요. 해안도로."

영상 속 풍경은 내 상상과 달랐다. 붕따우에서 판티엣으로 이어지는 길은 한적했고, 오른쪽으로는 끝없이 푸른 바다가 펼쳐져 있었다. 야자수가 늘어선 도로 위를 선배 기수들이 일렬로 달리며 손을 흔들고 있었다. 도시는 소란스러웠지만 자전거가 달리는 길은 평화로웠다.

화면 속 바람을 가르며 달리는 사람들의 얼굴에는 뭐라 설명하기 힘든 해방감이 서려 있었다. 그 장면을 보는 순간 오래전 기억 하나가 불현듯 떠올랐다. 여행작가로 활동하며 글쓰기 제자들과 함께 프랑스 파리로 역사기행을 갔을 때였다. 파리 시내 곳곳에는 공공자전거 '벨리브(Vélib)'가 세워져 있었다. 제자들은 신이 나서 벨리브를 빌려 타고 가까운 거리를 달렸다. 하지만 나는 그 대열에 끼지 못했다. 나는 그저 뚜벅이로 걸으며 멀어지는 아이들의 뒷모습을 부러운 눈으로 바라봐야 했다.

걷는 여행이 한 페이지씩 꼼꼼히 읽는 정독이라면, 자전거여행은 풍경이 파노라마처럼 스쳐 지나가는 영화 같은 경험이다. 시속 4km

의 걷는 속도로는 닿지 못하는 먼 곳까지, 자동차보다는 훨씬 느리지만 바람 냄새를 온전히 맡으며 달리는 그 중간의 속도. 나는 파리에서 그 매력을 놓쳤었다.

영상 속 베트남의 낯선 바닷길이 자꾸만 나를 불렀다. 걷는 여행가로 국경을 넘은 적은 많지만 라이더로서 국경을 넘는 건 내 인생에 없던 장면이다. 게다가 이번 여행은 전기자전거(E-bike)로 간다고 했다. 모터가 힘을 보태주는 전기자전거라면 체력이 부족한 나도 저 긴 해안선을 완주할 수 있지 않을까. 땀 흘려 달린 뒤 리조트 수영장에 몸을 담그고, 뭉친 근육을 마사지로 풀어주는 저녁시간. 그것은 고된 훈련에 대한 가장 달콤한 보상처럼 보였다.

집으로 돌아와 나는 휴대전화로 항공권 예매 사이트를 열었다. 화면 속 야자수 길과 파리의 회색빛 벨리브, 그리고 오늘 연습장에서 흘린 땀이 머릿속에서 교차했다. 기계치에다가 겁이 많은 내가 오토바이의 나라 베트남에서 전기자전거를 탈 수 있을까.

한참을 망설이다 결국 결제 버튼을 누르지 못하고 창을 닫았다. 결정적인 이유는 돈이나 시간이 아니었다. 아직은 내 몸이 감당할 수 없는 속도라는 생각이 들었기 때문이다. 내 다리 힘으로 굴러가는 일반 자전거도 여전히 비틀거리는데 모터의 힘이 더해진 자전거를 낯선 도로 위에서 다루는 건 도전이 아니라 무모함에 가까워 보였다.

문득 아카데미 첫 수업에서 들었던 말이 떠올랐다.

"자전거 사고는 언제 나는 줄 아세요? 자신의 실력을 넘어서서 질주할 때 납니다."

그 말은 자전거뿐 아니라 인생에도 그대로 적용되는 법칙처럼 느껴졌다. 준비되지 않은 상태에서 분위기에 휩쓸려 나설 때, 내 그릇보다 큰 속도를 욕심낼 때 사고는 반드시 난다. 그래서 감독은 베트남에 가려면 매일같이 자전거를 타야 한다고 했다. 준비 없는 도전은 여행이 아니라 위험에 가깝다고 덧붙였다.

겨울이 오면 연습할 곳은 마땅치 않을 것이고, 두 달의 공백은 초보자인 내 몸을 다시 굳게 만들 것이다. 그런 상태로 낯선 땅에서 100km에 가까운 길을 달리는 건 용기가 아니라 만용에 가깝다. 휴대전화를 내려놓으며 나는 씁쓸한 입맛을 다셨다.

'이번엔 아니야. 아직은 내 속도가 아니야.'

여행작가로서의 호기심은 당장 떠나라고 등을 떠밀었지만 라이더로서의 나는 아직 준비되지 않았음을 인정해야 했다. 걷는 여행자로서는 수없이 국경을 넘었지만 자전거 위의 나는 이제 막 걸음마를 뗀 아이나 다름없으니까.

아쉬움이 없지는 않았다. 파리에서 벨리브를 바라만 보았듯, 이번에도 나는 베트남의 바람을 상상 속에 남겨두어야 했다. 하지만 브레이크를 잡는 법을 배우는 것이 자전거의 첫걸음이듯 꿈 앞에서도 멈춰 서야 할 때를 아는 것이 진짜 용기일지 모른다.

창밖으로 늦가을 찬바람이 불고 있었다. 나는 베트남행 비행기표 대신 집 근처 호수공원으로 나가는 문을 열기로 했다. 지금 내게 필요한 건 낯선 야자수 길이 아니라 익숙한 아스팔트 위에서 넘어지지 않고 한 바퀴를 더 도는 끈기다. 언젠가 내 실력이 욕심을 따라잡는 날이 오면 그때는 주저 없이 떠날 것이다. 하지만 지금은 아니다. 나는 내 그릇만큼의 속도로 안전하게 가기로 했다. 꿈은 도망가지 않으니까.

서리를 밟으며 겨울을 준비하다

이틀 동안 업무와 일상은 정신없이 흘러갔다. 베트남 여행은 포기했지만 자전거까지 포기한 건 아니었다. 페달을 밟지 못한 시간이 조금씩 쌓일수록 마음 어딘가가 서서히 불안해졌다. 그래서 오늘 아침 비가 그치자마자 작정하고 호수공원으로 나섰다. 공기에는 아직 물기가 남아 있었고, 바람은 한결 차가워져 가을이 깊어지고 있음을 알렸다. 나무들은 절반쯤 잎을 벗어 던지고 있었고, 호수 위에는 흐린 하늘빛이 얇게 깔려 잔잔히 흔들리고 있었다.

오늘의 목표는 호수공원을 두 바퀴 도는 것. 약 10km 남짓한 거리다. 내일 있을 자전거아카데미 3주 차 주행 실습 거리가 딱 그 정도다. 베트남의 100km는 못 가더라도 내일 수업의 10km만큼은 무사히 완주하고 싶었다. 힘들어도 멈추지 않고 끝까지 달려보기로 했다.

첫 바퀴는 상쾌했다. 하지만 두 바퀴째로 접어들자 허벅지가 뻐근해지고 숨이 거칠어졌다. 역시 체력도 실력의 일부라는 것을 몸으로 되새기는 시간이었다.

그때였다. 젖은 낙엽들이 자전거바퀴 아래에서 눌려 부서지는 소리가 들려왔다. 사박사박. 마른 낙엽이 바스락거리는 경쾌한 소리라면, 비에 젖은 낙엽은 좀 더 낮고 묵직한 소리를 냈다. 젖은 잎은 바퀴에 달라붙으려 했고, 자전거는 미세하게 미끄러웠다. 그 미끄러움이 핸들을 쥔 손끝에 묘한 긴장감을 주었다.

그 순간, 『주역(周易)』의 한 구절이 타이어의 진동을 타고 머릿속에 떠올랐다. '이상 견빙지(履霜, 堅冰至)'. 서리를 밟으니 머지않아 단단한 얼음이 오게 된다는 뜻이다. 젖은 낙엽을 밟는 지금의 이 미끄러움은 단순한 불편함이 아니었다. 그것은 곧 겨울이 오고 있으며, 땅이 더 단단하게 얼어붙을 것이라는 자연의 조용한 예고였다.

공자가 말한 '지천명(知天命)'의 나이는 지금으로 치면 예순 전후쯤이 아닐까 하는 생각이 들었다. 50세의 지천명이 하늘의 뜻을 알고 앞날을 개척하는 것이라면, 60세의 지천명은 앞날을 모두 아는 게 아니라 지나온 시간을 더 이상 억울해하지 않게 되는 순간일 것이다. 그리고 지금 내 발밑에서 보내오는 미세한 신호들을 놓치지 않고 읽어내는 나이. 그것이 바로 자전거가, 그리고 이 젖은 낙엽이 내게 가르쳐주는 인생수업이다.

지금 내가 밟고 있는 것은 아직 단단한 얼음은 아니다. 그저 서리일 뿐이다. 무릎이 시큰거리고, 겁이 많아지고, 남들의 속도를 따라가기 버거운 이 느낌들. 이것은 내 몸과 마음이 보내는 '서리'의 신호다. 베트남 여행을 포기한 것도 결국 이 신호를 읽었기 때문이다. 그것은 두려움 때문에 도망친 것이 아니라 다가올 얼음의 계절을 대비해 옷깃을 여미고 걸음을 고쳐 내디딘 선택이다. 아직 서리일 때 조심하면 얼음 위에서도 넘어지지 않을 수 있다. 길을 바꿀 여지도, 속도를 늦출 여유도 아직 내게는 남아 있다.

자전거는 계속 굴러갔다. 사박사박. 바퀴가 낙엽을 밟는 소리가 이제는 경고가 아니라 위로처럼 들렸다.

'괜찮다. 너는 지금 얼음을 피하는 게 아니라 네 삶의 결을 지키기 위해서 속도를 조절하는 거야.'

젊음이 무작정 질주하는 계절이라면, 중년 이후의 삶은 미끄러운 낙엽 위에서도 중심을 잃지 않으려 섬세하게 근육을 쓰는 계절이다. 베트남의 바다를 따라 달리는 길 대신 이 호수공원의 젖은 길을 택한 건 남에게 보여주기 위한 기록이 아니라 나를 지키기 위한 리듬을 찾고 싶었기 때문이다.

자전거 위에서 나는 기계의 힘을 빌리는 게 아니라 나 자신을 조금씩 다시 배우고 있었다. 자전거는 뒤로 가지 않는다. 오직 앞으로만 굴러간다. 하지만 그 '앞으로'가 꼭 '빨리'를 의미하는 건 아니다. 젖은 낙엽 위에서는 브레이크를 부드럽게 잡아야 하고, 코너를 돌 때는 속도를 줄여야 한다. 그것이 넘어지지 않고 오래가는 비결임을 몸으로 익힌다. 길이 되기 위해서는 먼저 수풀을 헤치고 지나가야 하듯 내 인생의 겨울을 맞이하기 위해서는 지금 이 서리 내린 길 위에서 균형 잡는 법을 배워야 한다.

가만히 돌아보면 나는 남들이 미리 닦아놓은 넓은 길 대신 늘 조금 비켜 선 오솔길을 골라 걸어온 사람이었다. 그래서였을까, 뒤를 돌아볼 때마다 함께 따라오는 발자국은 거의 없었다. 그래도 괜찮았다. 길이란 누군가 많이 걸어서 생기는 게 아니라 내가 망설이며 내디딘 발걸음 하나하나가 이어져 만들어지는 것이니까.

나는 여전히 달리고 있다. 다만 예전처럼 남의 속도에 맞추어 쫓

기듯 달리지 않고, 조금 더 천천히, 나의 계절에 맞춰 가고 있을 뿐이다. 호수공원의 젖은 낙엽 위를 스쳐 지나간 오늘의 바퀴 자국은 내게 충분히 아름다웠다. 비록 이 자국은 금세 비와 바람에 지워지겠지만 그 순간 내 안에서 바뀐 호흡과 리듬은 쉽게 사라지지 않을 것이다. 서리를 밟으며 나는 오늘 다가올 겨울을 두려움 없이 맞이할 준비를 마쳤다.

15만 원짜리 나의 첫 자전거

'자전거를 사긴 사야겠는데….'

스마트폰 화면 속 당근마켓 앱을 켠 지 30분째. 내 손가락은 여전히 허공을 맴돌고 있었다. 화면에는 수많은 자전거가 있었고 설명이 붙어 있었지만 그건 내게 암호문이나 다름없었다. 하이브리드? MTB? 로드? 프레임 사이즈 370, 420? 도대체 내 키엔 무엇을 타야 하는지, 10년 된 자전거가 5만 원이면 싼 건지 비싼 건지, 알루미늄과 철 프레임의 차이는 무엇인지 알 턱이 없었다.

주변에 자전거 고수들은 많다. 김 회장이나 감독에게 전화 한 통이면 좋은 모델을 추천해 줄 것이다. 하지만 망설여졌다. 수백만 원짜리 자전거를 타는 그들에게 동네에서 탈 10만 원짜리 중고자전거를 좀 봐달라고 묻는 건 왠지 마음이 먼저 움츠러드는 일이었다. 그렇다고 아무거나 샀다가 무거운 자전거 때문에 무릎이 더 상하면 어쩌나 싶어 덜컥 겁이 났다. 내게 자전거는 '취미'가 아니라 '다시 걷기 위한 선택'에 가까웠으니까.

그때 불현듯 스치는 생각이 있었다.

'AI에게 물어볼까?'

나는 당근마켓에 올라온 몇 가지 매물의 사진과 설명글을 캡처해 챗GPT 대화창에 올렸다. 그리고 짧게 적었다.

"나는 60대 초반 여성이고 무릎이 조금 안 좋아. 무거운 건 싫고, 호수공원을 산책하듯 타고 싶어. 이 중에서 뭐가 나을까?"

답은 빠르게 왔다. 내가 눈여겨보던 작고 경쾌한 미니벨로나 투박한 MTB 대신 '루이가르노(LOUIS GARNEAU)' 로고가 박힌 하얀 자전거를 추천했다. 알루미늄 프레임이라 비교적 가볍고 힘 전달이 좋아 무릎 부담이 덜할 수 있으며, 15만 원이면 가격도 무난하다는 식이었다.

순간 무릎을 탁 쳤다. 내 눈엔 그저 '하얀 자전거'였는데, 그 짧은 답이 내 망설임을 한 칸 앞으로 밀어준 것이다. 물론 마음 한구석은 알았다. 추천은 추천일 뿐, 내 몸에 맞는지는 결국 내가 직접 확인해야 한다는 걸. 자전거는 숫자와 스펙만으로 결정되는 물건이 아니다. 손에 쥐었을 때의 무게, 안장 높이, 페달을 밟을 때 무릎이 느끼는 미세한 반응, 그런 것들은 화면 속 문장으로는 절대 알 수 없다.

의구심은 있었지만 구입하기로 결정했다. 약속은 빠르게 잡혔다. 아침부터 가을비가 부슬부슬 내리는 날이었다. 판매자는 50대 남짓으로 보이는 남성이었고, 자전거를 건네며 덤덤하게 말했다.

"아들이 타던 건데 군대 가면서 내놓았어요. 안장에 커버도 씌워뒀으니 푹신할 겁니다."

실물로 본 자전거는 크림빛이 도는 하얀 프레임에 'LOUIS GARNEAU'라는 영문 로고가 깔끔하게 박혀 있었다. 들어보니 천호동에서 타던 연습용 자전거보다 훨씬 날렵했다. 안장에는 검은색 커버가 씌워져 있어 엉덩이를 꾹 눌러보니 푹신했고, 물통 거치대도 달려 있었다. 15만 원을 송금하고 자전거를 넘겨받는 순간, 핸들을 통해 전해지는 금속의 감촉이 차가우면서도 설렜다. 그 감촉은 '이제 정말 내 것이 생겼다'는 실감이었다.

비를 맞으며 자전거를 끌고 집으로 돌아오는 길, 나는 웃음이 났다. 아까까지 나는 앱 화면 앞에서 단어들만 만지작거리던 사람이었는데, 지금은 비 냄새 속에서 두 바퀴를 끌고 걷는 사람이 되어 있었다. 생각해보면 내가 산 건 자전거만이 아니었다. '나는 여전히 배울 수 있다'는 쪽으로 마음을 조금 옮겨놓은 일이었다.

집에 도착해 현관 앞에 자전거를 세워두고 마른 수건으로 빗물과 함께 묻어온 흙탕물을 닦아내기 시작했다. 그런데 닦을수록 마음이 묘해졌다. 프레임 곳곳에 생각보다 깊은 녹이 숨어 있었다. 사진으로 볼 때는 멀쩡해 보였는데 가까이서 보니 세월이 고스란히 내려앉아 있었다. '상태 대비 훌륭한 가격'이라는 말이 잠깐 스쳤지만 곧 피식 웃음이 새어 나왔다. 그렇지, 화면은 늘 좋은 각도만 보여주니까.

나는 녹슨 부분을 손끝으로 문질러보았다. 거칠게 일어난 쇠의 결이 손바닥에 느껴졌다. 그때 문득 깨달았다. 나는 이 녀석을 누가 추천해줘서 산 게 아니라 사실은 빨리 사고 싶어서 덥석 집어든 것이었다. 다만 누군가의 말 한 줄이 내 마음에 '괜찮아'라는 허락을 붙여준 것뿐이다. 결국 선택의 책임도 선택의 기준도 내 몸의 반응도 내가 안고 가야 한다.

수건으로 프레임을 계속 닦았다. 녹은 그대로였지만 먼지와 빗물은 조금씩 사라졌다. 다른 누군가의 시간을 싣고 달렸던 자전거가 내 손길을 거치며 조금씩 내 쪽으로 넘어오는 느낌이 들었다. 새것처럼 완벽하지 않아도 괜찮았다. 내가 원하는 건 박물관에 둘 물건이 아니라, 내 삶을 조금 더 멀리 데려다줄 도구니까.

닦아놓은 자전거를 가만히 바라보며 마음속으로 말을 건넸다. 잘 부탁한다. 내 무릎도, 그리고 나의 새로운 시간들도. 비가 그치면 이 푹신한 친구와 함께 호수공원으로 나갈 것이다. 내 손에는 길을 묻고 속도를 조절할 질문이 남아 있고, 현관에는 그 질문을 몸으로 확인하게 해줄 두 바퀴가 조용히 나를 기다리고 있다.

자전거 안부를 묻는 세 가지 언어, ABC

자전거아카데미 네 번째 수업이 있는 날이다. 아침부터 가을비가 추적추적 내렸다. 야외주행을 기대했는데 비 때문에 실내수업으로 변경되었다는 문자가 왔다. 아쉬움 반 안도감 반이었다. 아직 도로가 무서운 내게 비 오는 날의 라이딩은 상상만으로도 버거우니까.

오전수업은 지하 연습실에서 '자전거 구조 이해 및 응급 정비' 시간으로 진행되었다. 감독이 초대한 강사는 자전거를 거꾸로 세워두고, 우리가 막연하게 '핸들', '바퀴', '몸체'라고만 부르던 부품들의 진짜 이름과 기능을 하나하나 짚어주기 시작했다.

"자전거를 내 몸처럼 이해하셔야 합니다. 그래야 고장이 나도 당황하지 않아요."

강사의 손이 자전거의 가장 큰 뼈대인 '프레임(Frame)'을 쓸어내렸다.

"이게 자전거의 척추입니다. 다이아몬드 형태가 가장 튼튼해서 충격을 잘 버티죠."

이어 손은 바퀴로 내려갔다.

"바퀴는 그냥 굴러가는 게 아닙니다. 바깥의 고무는 타이어, 그 안에 바람을 담는 튜브, 그리고 타이어를 잡고 있는 쇠로 된 틀을 림(Rim)이라고 합니다. 그리고 이 림과 가운데 축인 허브(Hub)를 이어주는 얇은 살들이 보이죠? 이걸 스포크(Spoke)라고 해요. 이 가느다란 철사들이 팽팽하게 당겨주기 때문에 여러분의 체중을 견디는 겁니다."

설명을 듣고 보니 자전거가 달라 보였다. 그냥 쇠파이프와 바퀴가 아니었다. 척추(프레임)가 중심을 잡고, 근육과 인대(스포크)가 팽팽하게 긴장하며 바퀴를 지탱하고 있는 정교한 공학적 생명체였다. 그다음은 자전거를 움직이는 심장부, '구동계' 설명이 이어졌다.

"여러분이 페달을 밟으면 이 '크랭크'가 돌고, 힘이 '체인'을 타고 뒤로 가서 뒷바퀴에 달린 톱니바퀴들을 돌립니다. 이 뒷바퀴 톱니 뭉치를 '스프라켓(Sprocket)'이라고 불러요. 여기에 체인이 어디 걸리느냐에 따라 기어비가 달라지는 거죠."

림, 스포크, 허브, 스프라켓…. 낯선 외국어들이었지만 그 기능을 알고 나니 마치 사람의 관절 이름을 하나씩 익히는 기분이었다.

구조 설명이 끝나고 '펑크 대처 실습'이 이어졌다. 하지만 내가 생각한 것처럼 기름때를 묻혀가며 바퀴를 뜯어내는 거창한 작업은 아니었다. 강사는 '1회용 튜브'를 나눠주었다.

"실제로 펑크가 나면 튜브를 때우기보다 새것으로 교체하는 게 빠릅니다. 오늘은 이 작은 튜브를 타이어 안에 씹히지 않게 잘 밀어 넣는 감각을 익혀보겠습니다."

우리는 타이어 레버를 이용해 타이어 틈을 살짝 벌리고, 그 안으로 1회용 튜브를 조심스레 밀어 넣었다. 튜브가 타이어와 림 사이에 끼이면 바람을 넣다가 터질 수 있다고 했다. 손끝으로 림의 안쪽을 더듬으며 튜브가 꼬이지 않게 자리를 잡아주는 과정은 마치 아이에게 옷을 입히듯 섬세한 손길이 필요했다.

마지막으로 강사는 은색의 작은 원통을 꺼내 보여주었다. 'CO2 카트리지'였다.

"라이딩 중에 펌프질을 하려면 힘듭니다. 그때 이걸 쓰는 거예요."
강사가 주입기에 카트리지를 꽂고 버튼을 살짝 눌렀다.
"치이익!"

순식간에 하얀 냉기와 함께 강력한 압축공기가 뿜어져 나왔다.

"보셨죠? 1초면 바람이 다 들어갑니다. 대신 엄청 차가워지니까 맨손으로 잡으면 동상을 입을 수 있어요. 반드시 장갑을 끼고 써야 합니다."

작은 은색통 하나가 납작해진 바퀴를 순식간에 단단하게 만드는 모습은 마법 같았다. 그건 자전거가 멈췄을 때 다시 숨을 불어넣는 '인공호흡기'나 다름없었다.

강사 옆에서 감독이 꼭 기억해야 할 세 가지, ABC를 다시 강조했다.

"구조가 복잡해 보여도 자전거를 타기 전에 딱 세 가지만 확인하세요. A(Air), 타이어에 바람은 빵빵한가? B(Brake), 브레이크는 밀리지 않고 잘 잡히는가? C(Chain), 체인은 녹슬거나 꼬이지 않았는가? 이 ABC만 챙겨도 길 위에서 겪는 사고의 90%는 예방할 수 있습니다."

Air, Brake, Chain. 그것은 자전거의 안부를 묻는 가장 기본적인 인사였다. 나는 내 몸을 챙기듯 자전거의 ABC를 챙겨야 한다는 사실을 오늘 배운 부품들의 이름을 되뇌며 다시 한번 마음에 새겼다.

점심을 먹고 나서도 비는 그치지 않았다. 그래서 오후 수업은 실내 RPM 테스트로 이어졌다. 다섯 대의 자전거가 고정 로라 위에 올려져 있었고, 자전거 앞쪽 스크린에는 가상도로 위를 달리는 프로그램이 띄워져 있었다.

"오늘은 여러분의 심장과 다리의 리듬을 맞추는 연습을 할 겁니다. 기어를 너무 무겁게 해서 힘으로만 누르면 다리가 금방 지칩니다. 반대로 너무 가볍게 해서 빨리만 돌리면 숨이 차서 못 가요. 그 사이의 균형을 찾는 게 RPM 훈련입니다."

안장에 올라 페달을 밟으며 가상도로 위를 달리기 시작했다. 페달을 밟을 때마다 화면 구석의 숫자가 춤을 췄다. 65, 72, 80…. 조금 힘을 주니 숫자가 쑥 올라갔지만 금세 허벅지가 뻐근해졌다. 힘들어 속도를 늦추면 숫자는 가차 없이 60 아래로 곤두박질쳤다.

"다리 힘으로 숫자를 올리려고 하지 말고, 배에 힘을 주고 '후, 후' 내뱉으면서 발목을 부드럽게 돌리세요."

감독의 말대로 기어를 한 단계 가볍게 하고, 의식적으로 호흡에 집중했다. 배 안쪽 깊은 곳에서 숨을 밀어내자 신기하게도 다리의 긴장이 풀리면서 페달링이 부드러워졌다. 숫자가 85 근처에서 일정하게 유지되기 시작했다. 페달 한 바퀴의 회전이 체인을 돌리고, 체인이 뒷바퀴를 밀어올린다. 그 정교한 전달의 맨 앞에서 내 두 다리는 엔진이 되고, RPM은 그 엔진의 심장박동이 되는 셈이었다.

지하 연습실은 금세 거친 숨소리와 땀냄새로 가득 찼다. 나도 모르게 경쟁심이 발동해 페달을 세게 밟으려 하자 강사가 다시 제동을 걸었다.

"옆 사람 보지 마세요. 화면 속 등수도 중요하지 않아요. 자기만의 리듬을 유지하는 게 제일 중요합니다."

이 말은 자전거뿐만 아니라 인생의 주행법을 알려주는 것 같았다. 남들이 100RPM으로 질주한다고 해서 내 호흡이 80인데 억지로 따라가려다가는 결국 엔진이 꺼지고 만다. 중요한 건 얼마나 빨리 가느냐가 아니라 내 심장이 감당할 수 있는 속도로 얼마나 오래 갈 수 있느냐였다.

훈련이 끝나고 자전거에서 내려오자 다리가 후들거렸다. 비바람 부는 야외가 아닌 네모난 화면 앞 실내에서 겨우 30분 달렸을 뿐인데도 아주 먼 길을 다녀온 기분이었다.

땀을 닦으며 나는 오전에 배운 ABC와 오후에 배운 RPM을 머릿속으로 연결해 보았다. 타이어에 바람을 채우고(Air), 멈출 줄 알고(Brake), 끊어지지 않게 연결하는 힘(Chain). 그리고 그 위에서 나만의 호흡으로 유지해 나가는 속도(RPM). 이것은 자전거의 원리이자 앞으로 내가 살아갈 삶을 지탱해 줄 공식인지도 모른다.

수업을 마치고 나오는 길, 비는 그쳐 있었지만 바닥은 여전히 젖어 있었다. 나는 젖은 땅을 보며 생각했다. 다음 주면 드디어 졸업여행이다. 충주에서 이화령까지 이어지는 그 높은 고개를 과연 내가넘을 수 있을까. 자신은 없었다. 하지만 오늘 내 몸에 새긴 85RPM의 리듬, 그 두 바퀴의 심장박동을 믿어보기로 했다. 남들보다 느리더라도 내 숨이 허락하는 만큼만 페달을 돌리면 어떻게든 굴러갈 테니까.

반드시 정상까지 오르지 않아도 괜찮아

자전거아카데미 수료를 위한 1박2일 졸업 라이딩 날이 밝았다. 스포츠와는 평생 담을 쌓고 살던 내가 두 바퀴 위에서 이틀을 버텨야 한다니, 출발 전부터 입 안이 바짝 말랐다. 사실 이화령 고개를 넘겠다는 엄두 자체가 아카데미 효과였는지도 모른다. 몇 번 강습을 받았다고 해서 왕초보가 산을 넘을 수 있을 거라 믿은 것부터가 조금은 무모한 꿈이었다.

함께하는 동기들은 대부분 이미 자전거 구력이 있는 사람들이다. 그들에게 이화령은 도전해볼 만한 코스이지만 나는 아직 몸이 준비되어 있지 않았다. 그때 강사가 내 긴장된 어깨를 두드리며 말했다.

"걱정 마세요. 힘들면 업고라도 갑니다."

그 농담 섞인 말이 내 안에서 이상한 등불이 되었다.

'그래, 안 되면 누군가가 도와주겠지.'

믿을 구석이 생기자 할 수 있을 것 같은 착각이 조용히 자라났다.

첫날 코스는 충주 양성온천광장에서 시작되는 57km 구간. 나로서는 상상도 못 해본 거리였다. 대부분 자기 자전거를 가지고 왔지만 나는 아카데미에서 빌려준 MTB를 타야 했다. 바퀴가 두껍고 프레임이 튼튼해 안정적이었지만 그만큼 묵직했다.

출발 신호와 함께 페달을 밟았다. 바람을 가르며 조금씩 앞으로 나아가자 처음의 공포는 아주 천천히, 얇게 벗겨져 갔다. 어느 순간부터는 두려움보다 숨소리와 바퀴 소리가 더 크게 들렸다.

"하나, 둘, 셋, 넷…."

마음속으로 숫자를 세며 페달을 밟았다. 아카데미 4기 선배와 강사가 내 뒤를 받쳐주며 나란히 달려 주었다.

하지만 몸은 거짓말을 하지 않았다. 절반쯤 지났을까, 완만한 언덕이 나타나자 다리에 힘이 빠지고 숨이 턱까지 차올랐다. 기어를 제때 바꾸지 못해 체인이 비명을 질렀다. 그래도 멈추고 싶지 않아 억지로 페달을 꾹 눌러 밟았다. 그때였다.

"덜컥!"

오른발이 허공으로 쑥 빠지며 중심을 잃고 휘청거렸다. 간신히 브레이크를 잡아 넘어지지는 않았지만 내려서 보니 쇠로 된 페달 하나가 크랭크 축에서 완전히 빠져나와 저만치 달아나고 없었다. 나사가 헐거워져 있었던 모양이었다. '자전거의 관절' 중 하나가 탈골된 것이다.

앞서가던 감독이 급히 자전거를 세우고 돌아와 빠진 페달을 다시 끼워주었다. 하지만 바로 다시 타기에는 무리였다. 눈앞에는 가파른 언덕이 버티고 있었다.

"이 언덕 구간만 점프하세요."

'점프'란 자전거를 차에 싣고 이동하는 것을 뜻한다. 나는 보급차에 자전거를 싣고 중간 보급 지점에 먼저 내렸다.

저 멀리 언덕을 넘어온 동료들이 보였다. 나는 거기서 다시 합류하여 평지를 달렸다. 4기 선배가 다시 코칭을 해주었다. 평지라서 큰 장애물은 없었는데 자전거를 이렇게 오래 타본 적이 없어서 체력이 따르지 않고 기술도 부족해서 호흡이 가빴다.

실전은 훈련장과 달랐다. 얼마 가지 않아 도로는 끊기고 자전거길은 인도로 이어졌다. 울퉁불퉁하게 파인 보도블록과 오르락내리락

하는 굴곡진 지형이 나타났다. 그 입구에는 자동차 진입을 막는 쇠로 된 차단봉이 박혀 있었다. 좁은 차단봉 사이를 빠져나가려는데 핸들이 미세하게 흔들렸다. 바닥의 굴곡에 앞바퀴가 튀어 오르는 순간, 중심이 무너졌다.

"악!"

자전거와 함께 옆으로 넘어졌다. 무릎이 거친 보도블록 바닥을 그대로 긁었다. 화끈거리는 통증에 바지를 걷어 보니 무릎이 까져 붉은 피가 배어 나오고 있었다.

그런데 이상한 일이었다. 피를 보고 놀라기는 했지만 생각보다 아프지 않았다. 아마 긴장과 몰입이 만들어낸 아드레날린 덕분이었을 것이다.

"괜찮으세요?"

뒤따르던 강사가 달려왔지만 나는 툭툭 털고 일어났다.

"괜찮아요. 다시 갈게요."

피맺힌 무릎으로 다시 페달을 밟았다. 뒤에서 4기 선배와 강사가 끊임없이 소리쳤다.

"좋아요! 그대로! 할 수 있습니다!"

그 응원 소리가 등 뒤에서 나를 밀어주었다. 그 덕분에 나는 다시 굴곡진 길을 넘고, 평지를 지나 수안보 가까운 카페까지 도착했다. 거의 50km를 달려온 셈이었다. 왕초보인 나에게는 기적 같은 숫자였다.

카페에서 차 한 잔을 마시고 수안보 숙소로 향했다. 숙소로 가는 길은 가파른 언덕이라고 해서 나는 자전거와 함께 버스에 탔다.

수안보 숙소로 올라가는 길은 내일 갈 이화령보다 더 높은 언덕이었다. 가볍게 라이딩을 하던 사람들도 자전거를 끌고 올라오고 있었다.

숙소에 도착해 피 묻은 무릎을 닦으며 나는 깨달았다. 아무리 연습장에서 ABC를 외우고 RPM을 맞춰봐야 소용없었다. 페달이 빠지는 돌발 상황, 울퉁불퉁한 길의 진동, 넘어질 때의 그 아찔한 공포. 이런 실전을 겪지 않고서는 자전거 실력이 한 뼘도 자랄 수 없다는 것을 깨달았다. 책상 위의 이론이 아니라 도로 위의 상처가 나를 진짜 라이더로 만들고 있었다.

몸은 물 먹은 솜처럼 무거웠지만 마음만은 깃털처럼 가벼웠다. 저녁식사 자리에는 중국술 마오타이와 꿩고기 요리가 올랐다. 몸이 노곤한 만큼 술기운도 빨리 돌았다. 각자의 분야에서 전혀 다른 삶을 살아온 사람들이 자전거라는 하나의 매개로 모여, 서로의 상처와 완주를 축하하며 동료가 되어가는 과정이 묘하게 경이로웠다.

이튿날 아침, 전날 그렇게 힘들었는데 눈을 뜨니 머리는 이상하리만큼 맑았다.

숙소를 나와 이화령으로 가는 길. 사실 나는 전날 밤까지만 해도 '오늘은 처음부터 버스를 타고 올라가서 사진이나 찍어주자'고 마음을 먹었다. 그런데 출발 직전 감독이 조용히 말했다.

"본인이 갈 수 있는 지점까지만 가 보세요. 어디까지가 내 한계인지 그걸 아는 것도 훈련입니다."

그 말이 닫혀 있던 마음을 다시 흔들었다. 그래서 또다시 출발선에 섰다.

이화령은 시작부터 끝없는 오르막이었다. 페달을 밟을수록 다리가 빠르게 무거워졌고, 심장은 터질 듯이 요동쳤다. 옆에서 함께 달리던 4기 선배가 거친 내 숨소리를 듣고 속삭였다.

"다리로 타지 말고, 숨으로 버텨봐요."

4기 선배가 하는 말에 지난번 실내 훈련 때 들었던 말이 떠올랐다.

"힘으로 숫자를 올리려 하지 말고, 호흡에 집중하세요."

그 말에 맞춰 숫자를 세며 호흡을 조절했다. 들이마시고 내쉬고.

다리 근육이 비명을 질렀지만 숨에 집중하며 바퀴를 굴렸다. 하지만 고개는 냉정했다. 호흡으로 달래 보아도 근육의 한계는 명확했다. 어느 순간 다리는 더 이상 명령을 듣지 않았고, 속도는 '0'에 수렴했다. 결국 나는 자전거에서 내렸다.

그때, 내 뒤를 따르던 지원버스가 곁에 멈췄다. 문이 열리고 기사가 말했다.

"힘들면 타세요."

나는 잠시 멈춰 서서 고민했다. 이를 악물고 자전거를 끌고서라도 올라갈 것인가, 아니면 여기서 멈출 것인가. 결국 나는 자전거를 버스 짐칸에 실었다. 그리고 좌석에 앉아 창밖을 보았다. 포기였다. 하지만 비겁하다는 생각은 들지 않았다. 억지로 오르다 탈이 나는 것보다 지금 내 몸의 신호를 듣고 멈추는 것. 그것이 '이상 견빙지(履霜, 堅冰至)', 서리를 밟으며 얼음을 대비하는 중년의 방식이라고 스스로를 다독였다.

버스를 타고 도착한 이화령 정상에는 이미 많은 라이더들이 도착해 있었다. 서울에서 부산까지 국토종주를 한다는 한 라이더의 자전거는 먼 길을 견딘 낙타처럼 짐을 잔뜩 싣고 있었다. 나는 자전거로 고개를 넘지 못했다. 대신 카메라를 들고 다른 동료들이 정상에 도착하는 장면을 찍었다. 거친 숨을 몰아쉬며 들어오는 그들의 얼굴에는 고통과 환희가 뒤섞여 있었다. 축하의 박수를 치면서 내 안에서는 약간의 씁쓸함과 묘한 안도감이 동시에 피어올랐다.

그 순간 문득, '고개를 넘는다'는 말의 의미를 다시 생각하게 되었다. 고개를 넘는다는 것은 꼭 내 두 다리로 정상까지 밟고 올라가야만 성취가 되는 걸까? 버스를 타고 올라온 나는 이 고개를 넘지 못한 실패자일까? 아니면 끝까지 가지 않겠다는 나의 한계를 인정하는 방식으로 또 다른 의미의 고개를 넘은 걸까.

옛 선비들이 과거를 보러 한양으로 향하며 넘던 이화령. 그들에게 이 길은 입신양명의 관문이었다. 하지만 오늘의 이화령은 나에게 조금 다른 얼굴이었다. 내 몸의 한계를 인정하고 두려움의 모양을 또렷하게 보는 자리였다. 나는 끝내 자전거로 이 고개를 정복하지 못했지만 무엇이 나를 막고 있는지, 무엇이 나를 두렵게 하는지에 대해서만큼은 분명히 알게 되었다.

자전거의 균형은 지렛대처럼 작동한다. 한쪽으로 쏠리면 다른 쪽에서 힘을 더해 맞춰야 한다. 고개 앞에서 멈추고, 내려서고, 버스를 타는 선택도 어쩌면 그 균형의 일부일지 모른다. 넘어지지 않기 위해서는 때로 멈출 줄 알아야 하고, 다시 출발하기 위해서는 지금의 부족한 나를 인정하는 용기도 필요하다.

졸업식이 끝나고 수료증을 받았다. 완벽한 완주도 눈부신 성취감도 없었다. 대신 페달이 빠져나가던 순간의 허탈함, 언덕에서 버스를 선택하던 순간의 망설임, 카메라 뒤에서 타인의 정상 도착을 기록하던 이질감이 그 종이 위에 조용히 스며들어 있었다.

그래도 이제 안다. 고개를 넘는 법은 하나만 있는 게 아니라는 것을. 어떤 날은 몸으로 넘고, 어떤 날은 마음으로 넘는다. 오늘의 나는 다리로 넘지 못한 대신 '지금의 나로는 여기까지'라는 사실을 인정하는 연습을 했다. 언젠가 또 다른 고개 앞에 섰을 때, 오늘의 이 '멈춤'이 내 두 바퀴를 조금 더 단단하게 지탱해 줄 거라 믿는다. 그 믿음까지 함께 건너온 이화령이었다.

남의 자전거에서 내려와 내 글을 쓰다

이화령을 넘고 돌아온 날 밤, 나는 깊은 잠에 빠져들었다. 몸은 물 먹은 솜처럼 무거웠지만 정신은 이상하게도 낯선 공간을 부유했다. 꿈속 배경은 커다란 테이블이 놓인 곳이었다. 자전거아카데미 사람들이 가득 앉아 있었다. 누군가는 젓가락을 들고 웃고 있었고, 누군가는 아직 헬멧을 벗지 않은 채 건배를 하고 있었다. 시끌벅적한 소음 속에서 나는 묘하게 겉돌고 있었다. 마치 초대받지 않은 손님처럼, 혹은 잠시 자리를 빌려 앉은 사람처럼. 그때, 테이블 맞은편에서 누군가의 목소리가 들려왔다.

"○○○ 대표님은 왜 이번 졸업 라이딩에 안 오셨대요?"

옆에 있던 사람이 대수롭지 않게 대답했다.

"아, 그분 지금 자서전 쓴다고 바쁘시잖아. 책 마무리하느라 못 오셨대."

그 한마디가 꿈속의 공기를 갈랐다. 사람들은 고개를 끄덕이며 그 부재를 당연하고 멋진 일로 받아들였다. 웃음과 화제가 그 '없는 사람'을 향해 모여들었다. 이상하게도 그 순간, 내 안에서 뜨겁고 묘한 질투가 일었다. 나는 땀 흘려 고개를 넘어 왔는데 정작 사람들의 동경을 받는 건 이 자리에 없는 자기 이야기를 쓰고 있는 사람이었다.

잠에서 깼을 때, 새벽의 푸르스름한 빛이 방 안을 채우고 있었다. 꿈은 깼지만 감정의 잔여물은 입안의 모래처럼 까끌까끌하게 남아 있었다. 왜 하필 자서전이었을까. 나는 누운 채 곰곰이 생각했다.

우리는 대부분 자동반응으로 산다. 무의식이 먼저 세계에 반응하고, 우리는 그저 따라가며 하루를 살아낸다. 무의식은 세계와 타협하지 않는다. 짧고 빠르고 선정적으로 연결한다. 출처를 묻지 않고, 기억과 감정과 상상을 한꺼번에 끌어와 내 중심으로 묶어버린다. 꿈은 바로 그 무의식의 편집실이다. 꿈은 낮 동안 쌓인 조각들을 급하게 이어 붙이며 이야기를 만든다. 의식은 잠들어 있고, 무의식이 혼자 밤샘 작업을 하는 시간. 그렇다면 내 꿈속의 질투는 무엇을 말하고 싶었던 걸까. 그것은 단순히 그 사람이 부러워서가 아니었다. 나도 나만의 진짜 이야기를 갖고 싶다는, 아직 해소되지 않은 나의 결핍이 무의식의 언어로 튀어나온 것이었다.

지난 두 달을 돌아보았다. 나는 이미 내 자전거를 샀다. 15만 원짜리, 중고지만 내 이름으로 처음 가진 자전거다. 더 이상 빌린 물건이 아니다. 그런데도 마음 한구석에서는 여전히 '빌려 타는 사람'처럼 행동하고 있었다. 아카데미의 시스템에 몸을 얹고, 누군가 짜준 코스에 따라 움직이고, 버스에 자전거를 싣고 고개를 넘으며 스스로를 합리화했다. 사람들은 내게 "도전하는 모습이 아름답다", "대단하다"고 말해 주었지만 정작 내 안의 나는 알고 있었다. 나는 아직 이 세계의 온전한 주인이 아니라는 것을. 자전거는 샀지만 삶의 핸들은 여전히 남에게 맡기고 있다는 느낌. 무의식 바닥에 깔린 열등감이 꿈을 통해 슬쩍 고개를 들었던 건 아닐까

꿈속의 자서전은 바로 소유권에 대한 은유였다. 남의 이야기를 듣는 자리가 아니라 내가 직접 쓴 내 인생의 이야기. 남의 길을 따라가는 라이더가 아니라 내 경로를 정하는 사람. 그것을 갖고 싶다는 욕망이 질투라는 가면을 쓰고 나타난 건 아닐까.

졸업 라이딩 두 번째 날, 나를 자전거 세계로 이끌어준 그녀의 어

머니가 세상을 떠나셨다는 소식을 들었다. 그 부고 앞에서 나는 죽음이란 것이 삶의 불필요한 가지들을 하나씩 쳐내고, 끝내 가장 중요한 질문 하나만을 남긴다는 생각이 들었다.

'오늘이 내 삶의 마지막 날이라면 나는 내 이야기를 완성했는가?'

꿈속에서 자서전을 쓰느라 오지 않았다는 그 사람은 어쩌면 내가 되고 싶은 나의 또 다른 자아였는지도 모른다. 페달을 밟는 행위도 중요하지만 그 행위를 통해 내 삶을 기록하고 정리하고 싶다는 작가로서의 본능이 나를 흔들어 깨운 것이다.

운동이라는 것도 생각해 보면 거의 무의식적인 행위다. 우리는 달릴 때 매 순간 "오른발, 왼발"을 의식하지 않는다. 이미 몸이 먼저 움직이고, 의식은 뒤늦게 따라온다. 삶도 그렇다. 대부분의 시간, 우리는 무의식에 기대어 산다. 자동반응으로 세계를 통과한다. 그러다 가끔 이렇게 꿈 같은 사건이 브레이크를 걸어준다.

'잠깐 멈춰! 지금 어디로 가고 있는지 봐.'

의식은 이야기를 실현하는 장치다. 무의식이 먼저 이야기를 만들고, 의식은 그것을 현실에서 구현하는 작업모드에 들어간다. 그래서 전전두엽이 작동해야 한다. 내가 가고 싶은 방향과 세계의 조건을 동시에 계산하며 타협점을 찾는 자리. 세계와 타협해야 비로소 다른 길로 빠져나갈 수 있다.

지금까지 나는 '늦깎이 초보자'라는 판타지 속에 숨어 있었다. '늦게 시작했으니 이 정도면 충분해', '약하니까 쉬어도 돼'라는 생각들이 나를 보호해주었다. 하지만 꿈은 이제 그 판타지의 유효기간이 끝났음을 알리고 있었다. 언제까지 빌린 자리에 앉아 있을 것인가. 현실을 바꾸려면 그 밑에 깔린 이야기부터 다시 써야 한다는 걸 무의식이 먼저 알려준 셈이다.

아침이 밝았다. 나는 자리에서 일어나 창문을 열었다. 찬 공기가 폐부 깊숙이 들어왔다. 무릎엔 여전히 지난번 낙차 사고로 생긴 멍이 남아 있고, 다리는 뻐근했다. 하지만 마음은 묘하게 개운했다. 꿈이 던진 질문 덕분에 내가 왜 자전거를 타는지, 앞으로 어떻게 타야 할지가 선명해졌기 때문이다. 꿈은 내가 애써 외면하던 선택을 대신 말해준 무의식의 메신저였다.

4부
다시 넘어져도 페달을 밟을 힘

운명이 바뀌는 길목에서

자전거를 배우기 시작한 지 어느덧 두 달이 지났다. 나는 오랫동안 몸보다 머리를 앞세워 살아온 사람이었다. 탈것이라면 본능적으로 긴장부터 하던 사람이었다. 나는 오래전부터 허리가 좋지 않았다. 오래 앉아 있는 일은 늘 부담이었지만 아이러니하게도 내 일은 책상 앞에서 이루어졌다. 나이가 들면 몸은 더 이상 회복되지 않을 거라고 믿었다. 그래서 무리하지 않는 것이 지혜라고 생각했다. 이미 약한 몸을 더 혹사시키지 않는 것, 조용히 쓰러지지 않는 선에서 버티는 것, 그것이면 충분하다고 여겼다.

그런데 자전거를 타기 시작하면서 그 믿음이 조금씩 흔들리고 있다. 몸은 생각보다 완고하지 않았고, 생각보다 쉽게 무너지지도 않았다. 쓰지 않아서 약해졌을 뿐, 완전히 닫혀 있지는 않았다는 것을 페달을 밟으며 서서히 알게 되었다. 자전거를 타는 일은 마치 오래 꺼져 있던 내 안의 스위치가 하나씩 '탁, 탁' 하고 켜지는 느낌이었다. 페달을 밟는 리듬이 인생의 새로운 박자처럼 느껴졌고, 자전거는 내게 '균형'과 '순환'을 동시에 가르쳤다. 멈추면 쓰러지고, 움직일 때만 비로소 살아나는 존재. 불안하지만 그래서 더 멈출 수 없는 시간 위에 서 있다. 넘어지며 배우고, 바람을 맞으며 웃고, 그 사이에서 나는 조금씩 살아 있는 불빛이 되어 간다. 어쩌면 내 기질은 원래부터 이런 움직임을 좋아했는지도 모른다. 몰랐거나, 너무 오래 외면했거나, 혹은 두려움이라는 이름으로 덮어두었을 뿐.

　사람의 인생에는 때때로 큰 기운의 방향이 바뀌는 시기가 찾아온다. 동양의 오래된 학문인 사주명리학에서는 이런 흐름을 '대운(大運)'이라고 부른다. 날씨에도 장마와 건기가 있듯, 삶에도 보이지 않는 계절이 있다는 것이다. 누군가는 이 말을 미신처럼 여길지도 모른다. 하지만 나는 그것을 운명이 정해져 있다는 선언이 아니라, 내 삶에도 이름 붙일 수 있는 큰 흐름이 있다는 겸허한 해석으로 받아들인다. 내 안의 성향이 바람을 타고, 세상의 조건이 노면을 만들고,

그 둘이 맞물리며 나의 길이 생기는 것이다.

작년 초, 나는 카카오톡 프로필 아래에 '안신입명(安身立命)'이라는 사자성어를 적어두었다. 몸을 편안히 두고, 주어진 몫 안에서 조용히 자리를 잡겠다는 뜻이었다. 이제는 좀 내려놓아도 되지 않을까, 애쓰지 않아도 되지 않을까 하는 마음이 스며 있었다. 어쩌면 더 멀리 나아가기보다 지금 자리를 지키는 것이 지혜라고 믿고 싶었던 때였다.

그런데 자전거를 타기 시작하고, 이화령 고개 앞에서 숨이 턱까지 차오른 채 멈춰 섰던 그날 이후, 그 문장이 조금 답답하게 느껴지기 시작했다. 마치 나를 너무 빨리 정리해버리는 말 같았다. 아직 심장은 이렇게 뛰고 있는데, 아직 다리는 떨리면서도 앞으로 가려 하는데, 벌써 편안히 머무르라니. 내 안에서 다른 목소리가 조용히 고개를 들었다.

'아직 끝내지 말아라. 너는 아직 움직일 수 있다.'

그래서 나는 한동안 '번뇌시도장(煩惱是道場)'이라는 말을 올려두었다. 번뇌가 곧 수행의 자리라는 뜻이다. 흔들림이 사라진 뒤에야 길이 열리는 것이 아니라, 흔들리는 바로 그 자리가 연습의 장소라는 고백이었다. 두려움을 다 없앤 뒤에 자전거를 타는 것이 아니라, 두려운 채로 핸들을 잡고 페달을 밟는 그 순간이 이미 삶이라는 깨달음이기도 했다.

그리고 지금의 내 카톡 프로필에는 이런 문장이 걸려 있다.

'작일난개 금일명등(昨日難改 今日明燈)'

어제는 바꿀 수 없지만 오늘은 어제를 밝히는 등불이 될 수 있다는 말이다. 어제의 선택, 어제의 실패, 어제 멈추었던 고개는 되돌릴 수 없다. 그러나 오늘 내가 어디까지 가볼 것인지는 아직 열려 있다. 어제 이화령을 끝까지 오르지 못했어도, 오늘 다시 출발선에 설 수 있다면 그 자체로 어제는 다른 빛을 얻게 된다.

자전거를 배우며 알게 되었다. 우리는 어제를 고칠 수는 없지만, 오늘의 페달로 어제의 의미를 바꿀 수 있다. 어제 넘어졌다면 오늘은 조금 더 부드럽게 브레이크를 잡으면 되고, 어제 기어를 늦게 바꿨다면 오늘은 숨이 차기 전에 미리 '딸깍' 하면 된다. 그렇게 오늘의 선택이 쌓여 어제의 기억을 다시 비춘다.

그래서 요즘의 나는 '편안히 머무는 삶'보다 '밝히며 나아가는 삶'을 더 믿는다. 정상까지 오르지 못한 날도, 버스를 타고 올라간 날도, 모두 오늘의 등불이 된다. 중요한 것은 완주가 아니라, 다시 출발하는 마음이라는 것을 이제는 조금 알 것 같다.

돌이켜 보면, 나는 오랫동안 머릿속에서만 살아왔다. 계획을 세우고, 분석하고, 글로 정리하며 버텼다. 그러나 지금은 생각보다 몸이 먼저 움직이고 있다. 이 변화는 내 삶의 조향 장치가 바뀌는 느낌에 가깝다.

속도를 줄이고, 시선을 바꾸고, 브레이크를 나눠 잡고, 넘어지면 다시 일어나는 것. 타고난 성향이 길의 모양을 어느 정도 정해 준다 해도 그 길을 어떻게 통과할지는 결국 내가 매일 선택하는 자세에 달려 있다.

사람의 인생도 자전거의 두 바퀴처럼 돌아간다. 하나는 초년의 바퀴, 다른 하나는 말년의 바퀴다. 처음의 바퀴는 힘차다. 기회가 바람처럼 불어오고, 타인의 시선과 기대가 나를 끌어당긴다. 얼마나 빨리, 얼마나 높이 올라가느냐가 중요한 시기다. 그러나 두 번째 바퀴가 돌기 시작하면 세상은 느려지고, 바람은 다르게 분다. 사람은 줄고, 시간은 고요해진다. 초년에는 '얼마나 멀리 가느냐'가 중요했다면, 말년에는 '어떤 속도로, 누구와 함께 가느냐'가 더 큰 질문이 된다. 한때는 타오르기 위해 살았다면 이제는 따뜻하게 남기 위해 사는 것이다.

불이 한 번 타오르면 반드시 재가 되고, 그 재가 흙과 섞여 또 다른 생명을 키워내듯 사람의 생도 그렇게 이어진다. 우리는 각자 자신의 파도를 한 번씩은 겪고, 그 파도를 건너며 조금씩 다른 사람이 되어간다. 번뇌가 사라지는 순간을 기다리는 대신 번뇌가 들끓는 자리 자체를 내 도장으로 삼는 연습. 자전거 위에서 늦가을 바람을 가르며 달릴 때 페달은 오늘도 소리 없이 돌고, 내 안의 어떤 계절도 함께 넘어가고 있다. 이것이 아마 운명이 바뀌는 길목에서 내가 배워가는 가장 큰 감각일 것이다. 나는 지금, 내 인생의 두 번째 바퀴를 굴리기 시작했다.

아마도 운명이 바뀌는 길목이란 거창한 사건이 일어나는 자리가 아니라 이렇게 소소한 결심 하나가 방향을 틀어버리는 순간일지도 모른다. 핸들을 아주 조금만 돌려도 자전거의 궤적이 달라지듯, 마음의 각도를 미세하게 조정하는 일만으로도 삶은 다른 풍경 속으로 들어선다. 예전의 나는 안전한 길을 고르느라 오래 서 있었지만, 지금의 나는 완벽하지 않아도 일단 페달을 밟아본다. 바람이 세면 속도를 줄이고, 오르막이면 숨을 고르며 내 몸의 신호를 듣는다. 그렇게 하루하루 쌓이는 작은 선택들이 모여 결국 나의 길이 된다.

운명이란 어쩌면 주어진 길을 따르는 것이 아니라, 매 순간 내 균형을 다시 잡으며 앞으로 나아가는 태도일지도 모른다. 두 바퀴가 오늘도 조용히 굴러가듯, 나의 삶도 그렇게, 크게 요란하지 않게 그러나 분명히 다른 방향으로 흘러가고 있다.

속도가 아니라 숨결을 따라가는 길

자전거동호회에 가입하고 맞는 첫 정기라이딩 날이 밝았다. 사실 이 일정은 한 달 전으로 잡혀 있었는데 가을비가 내리는 바람에 오늘로 미뤄진 것이다. 그때만 해도 나는 아쉬움보다 안도감이 컸다. 아직 페달을 밟는 것조차 서툰 왕초보가 숙련된 동호회원들을 따라간다는 게 영 내키지 않았기 때문이다.

그런데 비로 인해 한 달이라는 유예 기간이 생겼다. 그 사이 나는 아카데미 수업을 들으며 넘어지지 않는 법을 배웠고, 혼자 호수공원을 돌며 핸들의 중심을 잡는 법을 익혔다. 안장 위에서 허둥대던 시간이 조금씩 몸의 기억으로 바뀌어 갔다. 그렇게 몸이 조금 단단해진 뒤에야 비로소 이 길 위에 서게 된 것이다. '시절인연(時節因緣)'이라는 말이 괜히 있는 게 아니었다. 그때 억지로 나섰더라면 두려움에 떨다 끝났을 길이 한 달을 기다린 덕분에 설렘으로 다가왔다. 우리는 바로 이 계절, 이 시간에 정약용의 강가에서 만나야 할 운명이었던 것이다.

집합 장소인 팔당역 앞은 알록달록한 라이딩 복장을 한 사람들로 활기가 넘쳤다. 전철을 타고 이동한 회원들을 위해 자전거가 준비되어 있었다. 나는 내 키에 맞춰진 자전거를 받아 들고 헬멧 끈을 단단히 조였다.

"출발합니다! 안전 거리 유지하세요!"

김 회장의 신호와 함께 우리는 한 줄로 길게 늘어서서 강변길로 미끄러져 들어갔다. 오른쪽으로는 늦가을의 한강이 햇살을 받아 윤슬로 반짝이고 있었고, 왼쪽으로는 잎을 떨군 나무들이 호위하듯 서 있었다. 첫 단체라이딩이라 마음 한쪽이 자꾸 조급해졌지만 베테랑 회원들은 서두르지 않았다. 빠른 사람들은 일부러 페달을 늦추었고, 중간중간 뒤를 돌아보며 "괜찮으세요?" 하고 물어왔다. 내 거친 숨소리가 들릴 때마다 옆에서는 언제나 누군가의 바퀴 소리가 든든하게 호흡을 맞춰주고 있었다.

강을 끼고 달리다 보니 남양주라는 도시의 얼굴이 자전거 속도에 맞춰 파노라마처럼 펼쳐졌다. 북한강과 남한강이 두물머리에서 만나 서로의 어깨를 포개듯 합쳐져 한강이 되는 곳. 그 물길을 따라 옛날에는 뗏목과 나룻배가 오갔고, 사람과 곡식, 그리고 새로운 사상들이 오르내렸다. 오늘 우리가 최신식 자전거로 달리는 이 아스팔트 길 밑에는 수백 년 동안 쌓여온 짚신 자국과 말발굽, 그리고 민초들의 고단한 발자국이 얇은 지층처럼 겹쳐져 있다.

얼마쯤 달렸을까, 낡은 기차역 하나가 나타났다. 능내역이었다. 이제는 기차가 서지 않는 폐역(廢驛). 녹슨 철로 위에는 낙엽이 수북이 쌓여 있었고, 멈춰버린 시간 위로 늦가을 바람만이 스산하게 스며들고 있었다. 한때는 누군가를 떠나보내고 기다리던 간절한 공간이었을 그곳을 우리는 멈추지 않는 바퀴를 굴리며 지나갔다. 멈춰 있는 것과 움직이는 것의 대비가 묘한 감상을 자아냈다.

길은 곧 마재마을 쪽으로 몸을 틀었다. '마재성지'라는 표지판이 보였다. 이곳은 다산 정약용의 형이자 신실한 천주교 신자였던 정약종과 그 가족이 신앙을 지키다 순교한 땅이다. 목숨을 걸고 지키려 했던 믿음의 무게가 서린 땅 위를 우리는 가쁜 숨을 몰아쉬며 달리고 있었다.

자전거는 곧 여유당(與猶堂) 입구에 닿았다. 다산 정약용의 생가이자 묘소가 있는 곳이다. 자전거를 세워두고 우리는 잠시 걷기로 했다. 여유당 입구에는 그의 방대한 저작을 형상화한 책 모양의 석탑이 서 있었다.

뒤편 언덕으로 조금 더 걸어 올라가 정약용의 묘소 앞에 섰다. 묘소에서 내려다본 한강은 말이 없었다. 그러나 그 침묵 속에는 오랜 유배 생활을 견뎌낸 한 지식인의 고뇌와 그럼에도 불구하고 꺾이지 않았던 정신의 깊이가 강물처럼 흐르고 있는 듯했다. 강진에서의 18년 유배를 마치고 다시 이곳 고향으로 돌아와 생을 마감하기까지 그는 이 강물을 바라보며 무엇을 생각했을까. 북한강과 남한강이 만나 하나가 되듯 그의 학문도 실용과 명분, 서양과 동양의 경계를 넘어 거대한 물줄기를 이루었으리라.

다시 안장에 올랐다. 이번 목적지는 다산생태공원이었다. 공원에 들어서자마자 탄성이 터져 나왔다. 강가를 따라 끝도 없이 펼쳐진 억새밭 때문이었다. 사람 키보다 높게 자란 억새들이 늦가을의 옅은 햇살을 등에 지고 은빛으로 일렁이고 있었다.

"쏴아아— 쏴아아—."

바람이 불 때마다 억새들이 한 방향으로 몸을 깊게 숙였다가 다시 일어났다. 그 거대한 움직임은 마치 강가 전체가 살아 있는 거대한 폐가 되어 숨을 쉬는 것처럼 보였다. 자전거 바퀴가 굴러가는 소리와 억새가 몸을 비비는 소리가 화음처럼 섞였다.

우리는 자전거를 잠시 세워 두고 강가를 거닐었다. 물은 거울처럼 잔잔했고, 산 그림자가 길게 누워 있었다. 해가 서서히 기울며 강물 위에 금빛 윤슬을 길게 깔아놓고 있었다.

그 풍경을 멍하니 바라보다가 문득 자전거가 아니었다면 이 풍경을 이렇게 생생하게 만날 수 있었을까 싶었다. 차를 타고 휙 지나갔다면 보지 못했을 억새의 춤, 걸어서 왔다면 닿기 힘들었을 이 거리. 자전거는 너무 빠르지도 너무 느리지도 않은 딱 알맞은 속도로 세상의 풍경을 내 품에 안겨주었다. 한 시대를 치열하게 고민했던 개혁가 정약용도 언젠가 이 강가에 서서 자신의 삶을 되돌아보며 남겨야 할 문장과 강물에 흘려보내야 할 번뇌를 조용히 구분했을 것이다.

"힘들진 않죠?"

김 회장이 다가와 물었다.

"여유있게 가니 좋은데요."

내가 웃으며 대답했다. 사실이었다. 출발 전 들었던 다른 자전거 동호회들의 이야기는 나를 주눅들게 했다. 평속을 따지고, 기록을 경쟁하고, 뒤처지면 가차 없이 버리고 간다는 무용담들. 하지만 오늘 내가 경험한 라이딩은 전혀 달랐다.

"우리는 빠른 사람이 앞서가는 모임이 아니라 가장 느린 사람의 속도에 맞춰 기다려주는 모임입니다."

회장의 그 말은 빈말이 아니었다. 누군가가 숨이 차면 전체 대열이 속도를 늦췄고, 언덕에서는 먼저 올라간 사람이 뒤에 오는 사람을 향해 "파이팅!"을 외쳐주었다. 바퀴 소리보다 사람의 호흡 소리가 먼저 들리는 시간. 경쟁이 아니라 '동행'을 배우는 시간이었다.

해가 뉘엿뉘엿 넘어가고 땅거미가 내려앉을 무렵, 우리는 저녁식사 장소인 한옥식당에 도착했다. 고개를 들어보니 처마 밑 감나무에 단단하게 익은 감들이 주홍빛 등불처럼 매달려 있었다. 잎을 다 떨군 나뭇가지 끝에 위태롭지만 선명하게 매달린 감들. 겨울 문턱의 차가운 파란 하늘을 배경으로 빛나는 그 붉은 열매를 보며, 오늘 하루 우리가 흘린 땀방울도 저렇게 알차게 영글었다는 생각이 들었다.

따뜻한 공간에 둘러앉아 음식을 나누는 사람들의 얼굴이 홍시처럼 붉게 상기되었다. 다산의 강가를 달린 오늘, 나는 역사 속의 한 페이지와 내 인생의 한 페이지가 자전거 바퀴를 통해 겹쳐지는 순간을 맛보았다. 늦가을의 바람은 찼지만 사람들의 온기와 억새의 춤,

그리고 정약용의 강물은 내 안에서 오래도록 따뜻하게 흐를 것 같았
다.

길 위에는 숨은 고수가 산다

무협지를 보면 진짜 고수는 화려한 간판을 내걸지 않는다. 그저 허름한 주막 구석에서 술잔을 기울이고 있거나 동네 어귀에서 바둑이나 두며 소일하고 있을 뿐이다. 나는 오늘 그 숨은 고수들의 아지트에 발을 들였다.

사건의 발단은 사소했다. 재택근무로 굳은 허리를 펴겠다며 호수공원으로 자전거를 끌고 나간 것이 화근이었다. 집을 나선 지 10분도 되지 않아 페달이 헛돌기 시작하더니 이내 맷돌처럼 뻑뻑해져 꼼짝도 하지 않았다.

'어, 어? 왜 이러지?'

인도 한구석에 자전거를 세우고 쭈그려 앉았다. 체인을 들여다보고 바퀴를 굴려봤지만 기계치인 내 눈에 원인이 보일 리 없었다. 지나가는 사람들은 힐끔거리며 내 곁을 스쳐 갔고, 나는 고장난 쇳덩이를 끌어안고 망망대해에 표류한 뗏목처럼 처량하게 서 있었다.

그때였다. 나이가 지긋한 노인이 자전거를 타고 가다가 내 앞에 멈춰 섰다. 팔순은 족히 넘어 보이는 그는 내 자전거를 쓱 훑더니 대뜸 혀를 찼다.

"쯧쯧. 어디서 이런 고물을 샀어?"

인사도 생략한 돌직구였다. 나는 당황해서 얼버무렸다.

"아… 당근마켓에서 15만 원 주고요…."

"15만 원? 거저 줘도 안 가져갈 걸 돈 주고 사왔구먼. 바퀴 축이 다 틀어졌어. 이러니 굴러가나."

노인은 내 자전거 바퀴를 손으로 만져서 바르게 편 다음 체인을 맞추고 나서 마치 손녀의 엉터리 성적표를 본 할아버지처럼 나를 향해 턱짓을 했다.

"따라와 봐요. 저기 공원에 가서 더 고쳐줄 테니까."

선택의 여지가 없었다. 나는 넙죽 인사를 하고, 노인의 뒤를 따랐다. 도착한 곳은 호수공원 한쪽에 있는 바둑쉼터였다.

“어이, 김 선수! 이 자전거 좀 봐줘.”

노인의 우렁찬 목소리에 키 큰 중년 남자가 고개를 돌렸다. 그는 내 자전거를 넘겨받아 이리저리 살폈다.

“아이고, 관리를 하나도 안 했네….”

“산 지 며칠 안 돼서….”

“산 사람이 안 했으면 판 사람이라도 했어야지….”

그는 마치 응급실 의사처럼 작은 가방에서 수술 도구 같은 연장들을 꺼내 들었다. 익숙한 손놀림으로 나사를 조이고, 틀어진 바퀴 살을 맞추었다. 옆에 있던 노인이 참견을 했다.

“거기 브레이크도 좀 봐줘. 안장도 너무 낮아. 그러니 무릎이 아프지. 좀 더 올려!”

순식간에 내 자전거는 ‘호수공원 야외 정비소’의 주인공이 되었다. 나는 그들 틈에 끼어 “아, 네!”, “그렇군요!” 하며 연신 고개를 끄덕이는 조수가 되어 있었다. 이름도 모르는 이들이 오직 ‘자전거가 아프다’는 이유 하나만으로 똘똘 뭉쳐 내 낡은 자전거를 심폐소생 시키고 있었다.

“자, 타 봐요.”

키 큰 남자가 땀을 닦으며 말했다. 조심스레 페달을 밟았다. 거짓말처럼 부드러워졌다. 끼익거리던 소음은 사라지고, 바퀴는 미끄러지듯 앞으로 나아갔다.

"완전 새 자전거가 됐는데요?"

내가 감탄하며 소리치자 처음 나를 데려왔던 노인이 "거봐, 내가 뭐랬어" 하는 표정으로 으스댔다. 나는 지갑을 꺼내며 수리비라도 드리고 싶다고 했지만 그들은 손사래를 쳤다.

"돈은 무슨!"

나는 그들의 자전거를 유심히 보았다. 노인의 자전거는 칠이 벗겨진 30년 된 골동품이었고, 남자의 자전거는 바퀴가 작은 미니벨로였다.

"바퀴가 작으면 느리지 않나요?"

내 질문에 남자는 씩 웃으며 자신의 자전거를 가리켰다.

"천만에요. 바퀴는 작아도 큰 자전거보다 더 잘 나가요. 중요한 건 크기가 아니라 체인과 톱니바퀴가 얼마나 잘 맞물려 있느냐죠."

그 말은 마치 인생의 비유처럼 들렸다. 늦게 시작했다고, 가진 것이 작다고 느린 것이 아니다. 내 안의 기어만 잘 맞물려 있다면 작은 바퀴로도 얼마든지 멀리 갈 수 있다는 뜻 같았다.

"그런데 왜 여기서 이러고 계세요?"

내 물음에 그가 대답했다.

"여기가 우리 놀이터예요. 답답한 건물 안보다 바람 불고 사람 지나가는 여기가 훨씬 좋아요."

그는 동호회 같은 건 귀찮아서 안 한다고 했다. 가오 잡는 게 싫어서 혼자 타는 게 편하다고. 하지만 내가 보기에 고장 난 기계를 보면 손부터 걷어붙이는 이 다정한 오지랖들이 모여 있는 이곳이 바로 세상에서 가장 든든한 동호회였다.

"고장 나면 또 오겠습니다!"

나는 씩씩하게 인사를 남기고 공원을 빠져나왔다. 자전거를 타기 전까지 내게 호수공원 바둑쉼터는 그저 노인들이 시간을 죽이는, 조금은 지루하고 정체된 공간이었다. 하지만 오늘 그 편견은 보기 좋게 깨졌다. 그곳은 낡고 고장난 것들을 다시 굴러가게 만드는 간판 없는 최고의 수리소였다.

돌아오는 길, 페달을 밟는 다리에 힘이 실렸다. 이제 내 뒤엔 든든한 '빽'이 생겼다. 언제든 달려가면 뚝딱 고쳐줄 무림의 고수들이 집 근처에 살고 있으니까. 나는 콧노래를 흥얼거렸다. 15만 원짜리 중고 자전거가 오늘따라 벤츠 부럽지 않게 잘 나갔다.

사람의 온기에는 비용이 든다

어제 내 낡은 자전거를 심폐소생 시켜준 '호수공원 수리소'의 두 사람이 자꾸 마음에 밟혔다. 아침부터 가을비가 내렸지만 점심 무렵이 되자 하늘은 거짓말처럼 개였다. 대신 바람이 쌀쌀해졌다. 창밖을 서성이다 결국 자전거를 끌고 집을 나섰다. 15만 원짜리 고물을 새것처럼 닦아준 그 투박한 손길에 대한 고마움을 그냥 흘려보내면 마음 한쪽에 계속 빚으로 남을 것 같아서였다.

오후 2시, 바람이 매서워서인지 늘 북적이던 바둑쉼터는 한산했다.

'오늘은 안 나오셨나?'

아쉬운 마음에 호수를 한 바퀴 돌고 나오는데, 저 멀리 익숙한 실루엣이 보였다. 어제 내 자전거를 만져주던 키 큰 남자였다. 그는 자전거 대신 두 손을 주머니에 찔러 넣은 채 천천히 걸어오고 있었다.

"어, 안녕하세요! 오늘은 자전거 안 타세요?"

내가 반갑게 알은체하자 그가 쑥스럽게 웃었다.

"아침에 비가 와서 두고 나왔어요. 근데 자전거는 어때요? 탈 만해요?"

"덕분에 아주 잘 나가요. 그런데⋯ 왼쪽 기어는 여전히 좀 뻑뻑하네요."

그는 망설임 없이 말했다.

"그럼 바둑쉼터로 가요. 선생님이 장비를 다 갖고 계시니까."

우리가 도착하자 비어 있던 벤치에 어느새 '선생님'이라 불리는 그 노인이 앉아 있었다. 여든이 넘은 나이에도 꼿꼿한 자세. 내가 고개를 숙여 인사를 하자 노인은 기다렸다는 듯 벌떡 일어섰다.

"어제 그 자전거? 오늘은 안장 기울기를 좀 봐야겠어."

노인은 내 대답도 듣기 전에 주머니에서 낡은 공구를 꺼내 들었다. 녹슨 볼트를 풀어헤치려는 노인의 손길이 어제보다 더 비장했다.

“윤활유를 좀 뿌려야 하겠는데….”

옆에서 키 큰 남자가 다음에 하라고 말렸지만 노인은 고개를 저었다.

“아냐, 지금 해야 돼. 그리고 핸들이 너무 높아. 이 가락지를 빼서 좀 낮춰 줄게.”

노인은 핸들 목 부분의 나사를 풀고, 스템 아래 끼워져 있던 둥근 가락지 하나를 빼낸 뒤 다시 핸들을 끼워 맞췄다.

“자, 한 번 타봐.”

그 열정에 감동하며 나는 다시 조립된 자전거에 올라서 힘차게 페달을 밟았다. 그런데 이상했다. 바퀴가 꿈쩍도 하지 않았다. 핸들은 돌아가는데 바퀴는 요지부동이었다.

“어? 자전거가 안 가는데요?”

당황한 내 말에 옆에 서 있던 키 큰 남자가 자전거를 들여다보더니, 배를 잡고 웃음을 터뜨렸다.

“아이고, 선생님! 핸들을 거꾸로 끼우셨잖아요!”

앞을 봐야 할 핸들이 뒤를 보고 있었던 것이다. 평생을 자전거와 살았다던 노인의 귀여운 실수였다. 노인은 민망한 듯 “허허, 날이 흐려서 그런가” 하며 헛기침을 하더니 다시 나사를 풀었다. 이번에는 훨씬 더 신중하고 느릿한 손놀림이었다.

두 번째 조립이 끝나자 자전거는 비로소 부드럽게 나아갔다. 나는 핸들이 낮아져 허리를 조금 더 숙여야 했지만 노인의 체면을 위해 "와, 훨씬 좋아졌어요!" 하고 너스레를 떨었다.

마침 그들의 퇴근 시간이었다. 바둑쉼터에도 하루를 정리하는 시간이 있었다. 그들 나름의 약속처럼 오전과 오후에 잠깐씩 들렀다 돌아가는 모양이었다. 내가 윤활 스프레이가 집에 있다고 말하자 집 방향이 같으니 함께 가서 그 자리에서 녹을 닦아주겠다고 했다.

우리는 함께 집 쪽으로 걸었다. 공원에는 낙엽이 수북했고, 나는 자전거를 타고 천천히 앞서 갔다. 키 큰 남자는 빈손으로 걸었고, 노인은 자전거를 끌며 내 뒤를 따라왔다. 나는 속도를 낮춰 그들의 보폭에 맞췄다.

집 앞 상가에 이르러 나는 자전거를 세워두고 집에서 윤활유 스프레이를 가져와 노인에게 건넸다. 노인은 자전거를 비스듬히 세워두고 윤활유를 듬뿍 뿌렸다. 뻑뻑하던 기어와 체인이 기름을 머금으며 한결 매끄럽게 돌아갔다. 그 모습을 보니 괜히 마음까지 풀어졌다. 고마운 마음에 바로 앞 상가의 삼겹살집에서 저녁을 대접하겠다고 하자 노인의 얼굴에 환한 웃음이 번졌다. 밥보다는 이야기를, 이야기보다는 술을 기다리는 얼굴이었다.

불판 앞에 둘러앉자 이야기가 자연스럽게 무르익었다. 알고 보니 노인은 번듯한 건물을 가진 건물주였고, 일본인 아내와 함께 세계 여러 나라를 다닌 여행가이기도 했다. 남루한 옷차림 속에 화려한 과거를 숨긴 채, 지금은 그저 공원에 나와 고장난 자전거를 고쳐주는 일을 낙으로 삼아 하루를 보내고 있었다. 말이 길어질수록 그는 더 편안해 보였고, 누군가 자신의 이야기를 끝까지 들어준다는 사실이 그를 자리에 붙들어 두는 듯했다. 뒤늦게 합류한 내 후배까지 더해지자 노인의 무용담은 더 탄력을 받았다.

식당을 나서며 계산을 하려는데 노인이 이미 계산을 끝낸 뒤였다. 후배는 사실 파전을 먹고 싶어 왔던 참이었다. 시간 차이로 삼겹살집에서 합석하게 되었고, 노인이 먼저 계산을 마친 터라 그대로 헤어지기에는 마음이 편치 않았다. 그래서 우리는 바로 옆 파전집으로 자리를 옮겼다. 자전거라는 공통점 하나로 엮인, 나이도 성별도 제각각인 묘한 조합이었다.

키 큰 남자는 몇 번이나 "집에 빨리 가야 하는데…"라고 중얼거리면서도 좀처럼 자리를 뜨지 못했다. 그때 키 큰 남자의 전화벨이 울렸다. 수화기 너머로 부인인 듯한 날카로운 여자의 목소리가 새어

나왔다.

"지금이 몇 신데 아직도 안 들어와!"

그는 꼼짝 못 하고 "어, 어, 지금 가…" 하며 고개를 숙였다. 시계를 보니 저녁 5시를 조금 넘긴 시각이었다. 덩치 큰 그가 아내의 목소리 앞에서는 순한 양이 되는 모습에 우리는 짓궂게 웃었다. 집으로 돌아가는 시간이라는 걸 알면서도 이 낯선 술자리의 공기가 그에게는 잠시 숨을 돌릴 틈을 내어주는 것처럼 보였다.

밖으로 나오니 이미 가로등 불빛이 자리를 잡고 있었다. 저녁 공기는 금세 차가워졌고, 찬바람을 한 번 맞자 멀쩡해 보이던 노인이 순간 휘청거렸다.

"선생님!"

노인이 도로 한가운데 털썩 주저앉아 버렸다. 함께 마신 술기운 탓인지 다리에 힘이 풀린 모양이었다.

키 큰 남자가 노인의 한쪽 팔을, 후배와 내가 반대쪽을 잡았다. 몇 걸음 못 가 노인은 자꾸만 스르르 미끄러져 내렸다.

묘한 전우애 때문에 노인을 집까지 모셔다 드리고 돌아오는 길. 나는 주머니에서 휴대폰을 꺼내려다 손끝에 닿는 까칠한 느낌에 멈칫했다. 꺼내 보니 액정 위로 거미줄 같은 금이 살짝 가 있었다. 아까 노인을 부축하다가 어딘가에 부딪힌 모양이었다.

"아이고, 어떡해요…."

후배가 안타까워했지만 나는 깨진 화면을 덤덤히 들여다보았다.

액정은 깨졌지만 그 위로 오늘의 시간이 문신처럼 새겨져 있었다.

가장 아픈 곳이 가장 먼저 닿는다

초겨울 햇살이 유난히 따뜻한 오후였다. 재택 일을 하다가 문득 호수공원의 그들이 떠올랐다. 길바닥에 주저앉았던 노인은 괜찮을까. 점심 이후쯤 공원에 나온다고 했던 말이 생각나서 산책 겸 자전거를 끌고 집을 나섰다.

공원 입구에 들어서자 익숙한 실루엣이 보였다. 키 큰 남자가 먼저 눈에 띄었다.

"안녕하세요. 선생님은 좀 어떠세요?"

내가 묻자 그는 멀찍이서 담배를 피우고 있는 노인을 턱짓으로 가리켰다.

"아유, 멀쩡해요. 그날 혈당이 좀 떨어졌던 것 같아요. 지금 오시네요."

노인이 느릿한 걸음으로 다가왔다. 나는 반가움에 인사를 건넸지만 노인은 쑥스러운지 내 얼굴을 쓱 한 번 훑고는 딴청을 피웠다. 그 무심한 태도가 오히려 '나는 아무렇지 않다'는 건강의 신호 같아 안심이 되었다. 분위기를 바꿀 겸 나는 자전거 이야기를 꺼냈다.

"지난번에 손봐주신 덕분에 잘 나가요. 그런데 왼쪽 기어는 여전히 제 손가락 힘으론 좀 벅차네요. 엄지손가락이 부러질 것 같아요."

엄살을 섞어 말하자 키 큰 남자가 나섰다.

"어디 봐요. 내가 기어 레버 위치를 손가락 닿기 편하게 좀 올려줄게요."

그는 익숙한 손놀림으로 나사를 풀고 레버의 각도를 조절해 주었다. 딸깍, 딸깍. 몇 번 눌러 보니 확실히 손가락에 힘이 덜 들어갔다.

"어때요? 훨씬 낫죠?"

"와, 정말 그러네요! 신기해라."

나는 잘 고쳐졌는지 확인해 보고 싶은 마음에 자전거에 올라탔다. 자전거도로를 달렸다. 변속이 부드러웠다. 기분이 좋아진 나는 속도를 줄이며 그들이 서 있는 벤치 쪽으로 돌아왔다.

사고는 바로 그 순간, 가장 방심했던 찰나에 일어났다. 완전히 멈추려고 브레이크를 잡으며 한쪽 발을 내리려는 순간이었다. 무게 중심이 미세하게 반대쪽으로 쏠렸다.

"어, 어?"

자전거가 기우뚱하더니 내 의지와 상관없이 오른쪽으로 사정없이 무너졌다. 발을 디딜 틈도 없이 자전거라는 쇳덩이와 내 몸이 한 덩어리가 되어 아스팔트 바닥으로 곤두박질쳤다.

"쿵!"

둔탁한 소리와 함께 숨이 턱 막혔다. 하필이면 바닥에 가장 먼저 닿은 곳은 내 두 무릎이었다.

"악!"

뜨겁고 날카로운 통증이 무릎 뼈를 뚫고 머리끝까지 치고 올라왔다. 지나가던 사람들이 놀라 달려왔다.

"괜찮으세요?"

나는 대답도 못한 채 바닥에 엎드려 끙끙거렸다. 겨우 옆 벤치에 옮겨 앉았다. 바지를 걷어 올리자 양쪽 무릎이 시뻘겋게 부어오르고 있었다. 특히 원래 관절염이 있어 아껴왔던 왼쪽 무릎에서는 더 깊고 묵직한 통증이 심장박동에 맞춰 욱신거렸다.

'왜 하필 또 여길….'

무릎을 살려보겠다고, 조금 더 건강해지겠다고 시작한 자전거였다. 그런데 그 자전거 때문에 내 무릎이 바닥에 처박히다니…. 이 상황이 너무 어이없고 서러워서 눈물이 핑 돌았다.

빨리 집에 가서 눕고 싶었다. 욱신거리는 다리를 질질 끌며 자전거를 일으켰다. 집으로 가는 길에 두 사람에게 인사를 하고 돌아서려는데, 노인이 홍시를 반으로 툭 쪼개더니 내게 불쑥 내밀었다.

"자전거 타다 보면 다칠 수도 있는 거지. 이거 하나 먹고 가."

그 말은 위로였을까, 아니면 '별거 아니다'라는 무심함이었을까. 나는 얼떨결에 홍시 반쪽을 받아 들었다. 붉은 피가 배어 나오는 무릎 위로 주홍빛 홍시가 들려 있는 풍경이 묘하게 비현실적이었다. 한 입 베어 물자 달큰한 과즙이 입안에 퍼졌다. 무릎은 쓰라린데 홍시는 달았다. 그 달콤함이 긴장을 풀어주어 나는 억지로라도 희미하게 웃을 수 있었다.

"감사합니다… 갈게요."

집 근처 약국에 들러 마데카솔과 밴드를 샀다. 약사는 무릎을 보더니 혀를 찼다.

"피가 많이 나진 않는데 안에서 멍이 크게 들겠어요. 오늘 냉찜질

계속 하시고, 내일까지 아프면 꼭 병원 가세요."

집에 돌아와 욕실 의자에 앉아 샤워기를 틀었다. 가장 차가운 물을 무릎에 댔다.

"쏴아아—"

차가운 물줄기가 화끈거리는 열기를 식히며 관절 깊숙이 스며들었다. 20분, 30분…. 물소리만 들리는 욕실에 멍하니 앉아 붉게 부어오른 무릎을 내려다보았다. 아픈 무릎을 감싸 쥐고 있으니 역설적이게도 자전거를 처음 배우기로 결심했던 날의 마음이 떠올랐다.

나이 들어 걷는 게 힘들어질까 봐, 내 다리로 갈 수 있는 곳이 점점 줄어들까 봐 두려워서 선택한 것이 자전거였다. 그런데 결과는 상처투성이다. 바닥에 엎드려 있을 때 느꼈던 그 배신감과 허무함이 다시 밀려왔다.

'무릎 지키려다 무릎을 깨먹다니, 내가 지금 뭐 하는 짓인가.'

하지만 찬물이 통증을 조금씩 마비시키는 동안 다른 생각 하나가 조용히 고개를 들었다. 자전거를 타지 않았더라면 나는 넘어지지 않았을까? 아니, 어쩌면 나는 다른 곳에서, 빗길 젖은 인도에서, 어두운 계단에서, 혹은 아무 일도 없는 방 안에서 세월의 무게에 눌려 조용히 주저앉았을지도 모른다. 적어도 오늘 나는 '도전'하다가 넘어졌다. 가만히 늙어가기를 거부하고 페달을 밟다가 생긴 영광의 상처라고 우겨볼 수도 있지 않을까.

노인이 준 홍시의 단맛이 입안에 희미하게 남아 있었다.

"자전거 타다 보면 다칠 수도 있는 거지."

그 투박한 말은 어쩌면 "살다 보면 넘어질 수도 있는 거지"라는 말과 다르지 않았다. 자전거는 내 무릎을 망가뜨린 게 아니라 내가 어디까지 갈 수 있고 어디에서 멈춰야 하는지, 그 경계선을 내 몸에 가장 확실한 통증의 언어로 새겨준 것인지도 모른다. 가장 아픈 곳이 가장 먼저 바닥에 닿았다. 그것은 내 몸이 나를 보호하기 위해 보낸 비명이자 이제 좀 쉬어가라는 강력한 브레이크였다.

나는 20분 간격으로 찬물로 수차례 마사지를 하다가 샤워기를 끄고 수건으로 무릎을 조심스레 닦았다. 붉은 생채기 위에 마데카솔을 바르며 중얼거렸다.

'그래, 알았다. 멈추라는 거지?'

무릎이 바닥을 만난 오늘, 나는 달리는 법 대신 멈춰서 아픔을 돌보는 법을 다시 배우고 있었다. 자전거는 잠시 멈춰야겠지만 내 마음까지 고꾸라진 것은 아니었다. 나는 홍시처럼 붉게 부은 무릎을 호호 불며 쓰디쓴 통증을 달콤한 휴식으로 삼키기로 했다.

길은 끝나지 않았다

사고가 나고 사흘 동안 나는 집이라는 작은 섬에 갇혀 있었다. 아침에 눈을 뜨면 가장 먼저 하는 일은 스마트폰을 확인하는 것도, 오늘 할 일을 떠올리는 것도 아니었다. 침대 옆 벽을 더듬어 짚고 아주 조심스럽게 일어서는 것, 그리고 밤새 굳어 있던 두 무릎이 내 체중을 받아낼 수 있는지 살피는 것이 하루의 시작이었다.

침대에서 화장실까지 평소라면 다섯 걸음이면 충분했을 그 짧은 거리가 마치 천 킬로미터의 순례길처럼 멀게 느껴졌다. 발을 바닥에 디딜 때마다 관절 안쪽 깊은 곳에서 묵직한 통증이 "욱, 욱" 하고 올라왔다. 자전거에서 넘어지는 데는 1초도 걸리지 않았지만 그 찰나의 충격은 사흘이 지나도록 나를 끈질기게 붙들고 놓아주지 않았다.

휴일이라 병원에도 갈 수도 없었다.

'설마 뼈가 부러진 건 아니겠지?'

몇 해 전 손목이 부러졌을 때의 그 날카로운 통증과는 결이 달랐다. 뼈가 어긋난 것 같지는 않은데 걷는 매 순간 무릎은 비명을 질렀다. 겉으로 보기엔 멀쩡했다. 시퍼런 멍이 들거나 피가 철철 흐르는 것도 아니었다. 그런데도 아팠다. 피부 위로 드러난 상처보다 보이지 않는 안쪽의 울림통이 깨진 것 같았다. 그 보이지 않는 고통이 더 불안했고, 나를 한없이 작게 만들었다.

토요일은 병원 외래가 쉬는 날이라 냉찜질로 버텼다. 하지만 시간이 흐를수록 무릎이 점점 존재감을 키우기 시작했다. 마치 "나 여기 있어" 하고 계속 손을 드는 아이처럼 욱신거렸다.

월요일 아침, 결국 병원에 전화를 걸었다.

"진료 예약하고 싶은데요."

잠시 키보드 소리가 이어지고, 친절한 목소리가 돌아왔다.

"가장 빠른 예약이 일주일 뒤입니다."

일주일 뒤라니. 내 무릎은 지금 이 순간에도 회의를 열고 있는데.

잠깐 망설이다가 나도 모르게 물었다.

"그럼… 빨리 볼 수 있는 진료는 없을까요?"

상대는 잠시 말을 고르더니 말했다.

"일반의 진료는 내일 보실 수 있어요."

내 무릎은 그 말을 듣자마자 회의를 끝냈다. 내일이라니. 생각할 것도 없었다.

"그럼 그걸로 할게요."

전화를 끊고 나서야 깨달았다. 나는 또다시 그 대학병원만 떠올리고 있었다. 8년 전, 손목이 부러져 119를 타고 실려 왔던 바로 그곳이었다.

다음 날 병원으로 향하면서도 길도, 엘리베이터 위치도, 대기실의 냄새까지 어렴풋이 먼저 떠올랐다. 몸은 참 기억력이 좋다.

일반의 진료라 금방 불릴 줄 알았다. 오후 대기자 명단에는 내 이름 하나뿐이었다. 그런데 시간이 흘러도 이름을 부르지 않았다. 기다리다 못해 간호사에게 물었지만 돌아온 말은 "호출하면 오세요"라는 말뿐이었다. 호출은 오지 않았고, 나는 자꾸만 의자에서 자세를 고쳐 앉았다.

기다림이 길어지자 나는 간호사에게 엑스레이라도 먼저 찍고 오겠다고 말했다. 무언가를 하지 않으면 시간이 멈춰버릴 것만 같았다. 간호사는 감정은 없지 않은 채 그저 절차를 안내하듯이 고개를 끄덕였다.

촬영을 마치고 다시 진료실 앞에 섰을 때였다. 복도 끝에서 흰 가운 하나가 천천히 걸어왔다. 가운은 단정했지만 얼굴에는 아직 학생 같은 기운이 남아 있었다. 아주 젊은 의사였다.

진료실 문이 열리자 나는 곧바로 본론으로 들어갔다.

"자전거 타다 넘어졌어요. 뼈… 괜찮나요?"

그는 모니터에서 눈을 떼지 않은 채 말했다.

"이상 없습니다."

"골절도 아니죠?"

"네."

그 순간, 내 심장은 아— 하고 내려앉았다. 다행이다.

그런데 이상하게도 마음 한구석이 비어 있었다. 이렇게 끝나도 되는 걸까. 내가 기다린 시간, 이동한 거리, 괜히 단단히 움켜쥐고 있던 긴장에 비해 결론은 너무 짧았다. 나는 무릎의 멍을 걷어 보여주며 마지막으로 물었다.

"이거 보세요. 꽤 아픈데요."

그는 화면을 잠깐 보고 말했다.

"진통제 드릴까요?"

"나흘 지났는데도 의미가 있나요?"

"그렇게 아프셨으면… 응급실에 오셔도 됐는데요."

그 말에 순간 스쳤다. 아, 아직 사회 초년생이구나. 친절하려고 한 말이었겠지만 내게는 "왜 이제 왔어요?"처럼 들리는, 조금은 서툰 위로였다.

그래도 중요한 건 하나였다. 뼈는 괜찮다. 그 말 하나면 오늘은 충분했다.

집에 돌아와 무릎을 다시 보았다. 시퍼렇게 번진 멍이 꼭 달 같았다. 약간 찌그러진 보름달. 눈썹 같은 예쁜 초승달과는 전혀 다른 식어버린 무릎에 앉은 달.

창가에 기대어 밖을 내다보았다. 어느새 12월, 겨울이 문턱을 넘고 있었다. 거리의 나무들은 잎을 모두 떨구고 앙상한 가지를 드러낸 채 찬바람을 견디고 있었다. 불과 몇 주 전만 해도 억새가 은빛으로 춤추던 강변에서 땀을 흘리며 달렸던 기억이 꿈처럼 아득했다. 그때만 해도 욕심을 부렸었다. 이 겨울이 오기 전에 한 번이라도 더 달리고 싶다고. 조금 더 멀리, 조금 더 그럴듯하게. 하지만 몸은 머리보다 정직하고, 계절보다 정확했다. 무릎의 통증은 내게 이렇게 말하고 있었다.

'지금은 멈출 때야. 더 가면 부러져.'

나는 왜 자전거를 타기 시작했던가. 늙어가는 무릎을 지키기 위해서였다. 허벅지 근육을 키워 관절의 짐을 덜어주려고, 십 년 뒤에도 내 다리로 여행하고 싶어서 선택한 길이었다. 그런데 그 자전거 때문에 무릎을 다쳐 꼼짝 못 하고 누워 있다니. 이 아이러니가 너무 우스꽝스럽고 서러워서 혼자 끙끙 앓다가 피식 웃음이 났다.

하지만 꼬박 사흘을 방 안에서 절뚝거리며 지내는 동안 서서히 다른 생각이 스며들었다. 자전거가 내 무릎을 망가뜨린 게 아니다. 내 몸이 어디까지 버틸 수 있고, 어디에서 멈춰야 하는지 그 경계선을 자전거가 조금 일찍, 그리고 아주 확실하게 보여준 것이다. 만약 자전거가 아니었다면 나는 내 몸의 한계를 모르고 다른 곳에서 더 크게 넘어졌을지도 모른다. 미끄러운 욕실 바닥에서, 혹은 바쁘게 오르내리던 지하철 계단에서, 아무런 준비 없이 와르르 무너졌을 수도 있다. 적어도 이번엔 '도전'하다가 넘어졌고, 나는 그 넘어짐을 통해 '멈춤'의 기술을 배웠다.

길은 언제나 직선으로 뻗어 있지 않다. 굽이치고, 끊어지고, 때로는 막다른 곳에서 숨을 고르기도 한다. 흐르는 강물도 굽이굽이 돌아가고, 정약용도 긴 유배의 시간을 견뎌낸 뒤에야 다시 고향의 강가로 돌아오지 않았던가. 함께 속도를 맞춰 준 동료들, 다리 밑의 이름 모를 스승, 그리고 호수공원 수리소의 노인까지. 그들은 모두 내 자전거 길의 굽이마다 놓인 작은 정류장들이었다.

나는 이제 인정하기로 했다. 지금 이 사흘, 아니 이번 겨울은 길에서 완전히 탈락한 시간이 아니다. 같은 길 위에 잠시 주저앉아 신발끈을 고쳐 매고 숨을 고르는 시간이다. 두 바퀴는 멈춰 있지만 내 마음은 여전히 길을 향해 열려 있으니까.

창문을 조금 열어보았다. 알싸한 겨울 공기가 폐부 깊숙이 들어왔다. 아직 욱신거리는 무릎을 손으로 감싸며 나는 나직이 중얼거렸다.

'그래, 조금만 더 기다리자. 아직 끝난 건 아니니까.' 나는 이 겨울동안 기꺼이 쉬어가기로 했다. 나의 하얀 자전거는 아파트 보관소한구석에서 겨울잠을 잘 것이다. 앙상한 나무들이 얼어붙은 땅속에서 뿌리의 힘을 비축하며 새 봄을 기다리듯 나도 내 몸의 회복을 기다릴 것이다.

기어는 잠시 중립에 놓여 있지만 내 안의 리듬은 완전히 꺼지지 않았다. 봄이 오고 땅이 풀리면 나는 다시 자전거를 꺼낼 것이다. 그

때는 처음처럼 무모하게 속도를 내지 않을 것이다. 조금 더 천천히, 조금 더 자주 멈추고, 풍경을 눈에 담으며, 또 넘어질 수도 있다는 사실을 담담히 받아들인 채 페달을 밟을 것이다.

무릎이 바닥을 만난 뒤에야 비로소 알게 되었다. 길의 끝은 '더 이상 가지 못하는 지점'이 아니라, '잠시 여기서 나 자신을 돌아보는 자리'라는 것을.

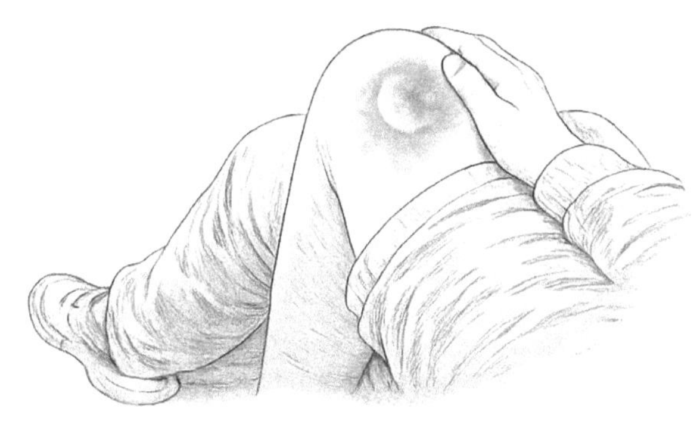

천천히, 그러나 멈추지 않고

초보자의 몸은 언제나 정직하다. 머리로 아무리 이론을 외워도, 속도를 조금만 내면 핸들은 금세 흔들리고, 주변의 말에 귀를 너무 기울이면 중심을 잃는다. 지난 석 달간 나는 수많은 조언 속에 둘러싸여 있었다.

"핸들을 더 낮춰요."

"아니, 더 올려야 편해요."

"기어를 부지런히 바꾸세요.",

"그냥 허벅지 힘으로 미세요."

사람들은 저마다 자기 방식이 정답이라고 말했다. 모두 나를 위한 말들이었지만 내 몸은 그 수많은 정답들을 한꺼번에 소화하기엔 너무 고단했다. 갈팡질팡하며 넘어지고 다시 일어나는 사이, 나는 가장 중요한 한 가지를 배웠다. 자전거는 결국 남의 입이 아니라 '내 몸'으로 타는 것이라는 사실을.

내 두 다리가 내는 힘만큼만 나아갈 수 있고, 내 불안이 흔들어 대는 무게만큼만 중심을 잡을 수 있다. 남들이 시속 30km로 달린다고 해서 내가 그 속도를 흉내 낼 수는 없다. 내가 버틸 수 있는 속도, 내 심장이 터지지 않을 리듬. 그것을 찾아내는 것이야말로 진짜 실력임을 깨달았다.

자전거 위에서 겪은 일들은 놀랍도록 사람과의 관계와 닮아 있었다. 어떤 사람은 내 균형을 흐트러뜨리고, 어떤 사람은 경쟁심을 자극해 나를 위험하게 과속하게 만들며, 어떤 사람은 브레이크처럼 적절히 내 속도를 늦춰 주기도 했다. 또 어떤 관계들은 내가 피하고 싶어도 거절하지 못한 채 아슬아슬하게 버티다가 어느 날 갑자기 체인이 끊어지듯 툭, 하고 멈춰 서기도 했다. 내가 원하지 않았던 방식의 이별과 단절. 그 모든 변화가 한 번의 급브레이크처럼 나를 앞으로 쏟아지게 하면서도 결국은 다시 새로운 중심을 찾게 만들었다.

넘어짐은 늘 메시지를 품고 있다. 두 무릎이 차가운 바닥에 강하게 부딪혔던 날, 뜨거운 통증 속에서 한 가지가 분명해졌다. 몸이 보내는 신호를 이제는 더 이상 외면해서는 안 된다는 것. 무릎의 통증은 재수 없는 사고가 아니라 "제발 속도를 줄이라"는 내 몸의 간절한 속삭임이었다는 것을.

돌이켜 보면, 자전거는 동네 편의점 가는 짧은 거리조차 멀게 느껴질 만큼 나에게 낯선 존재였다. 하지만 아이러니하게도 그 낯선 쇳덩이 위에서 나는 나 자신과 가장 가까워졌다. 언제 멈춰야 하는지, 언제 나아가야 하는지, 남의 함성 대신 내 거친 호흡 소리를 들어야 할 때가 언제인지. 쓰러져도 다시 일어나는 법과 너무 힘들면 잠시 내려서 걸어가도 부끄러운 일이 아니라는 것. 두 바퀴는 그런 조용한 진실들을 내 온몸이 욱신거리도록 앓게 하며 가르쳐 주었다.

나는 여전히 가파른 언덕 앞에서 기어를 만지작거리는 겁쟁이다. 그러나 자전거를 배우기 전과 후, 나는 분명 다른 사람이 되었다. 흔들릴 때 당황하지 않고 숨을 고르는 법을 알게 되었고, 넘어져도 나를 탓하기보다 "이만하길 다행이다"라며 툭툭 털고 일어나는 법을 알게 되었다.

인생은 생각보다 훨씬 더 자전거와 닮아 있다. 중심을 잡는 일은 한 번 배웠다고 끝나는 게 아니라 매 순간 다시 배워야 하고, 속도는 남이 정해주는 게 아니라 나만의 리듬으로 정해야 하며, 길은 지도만 봐서는 알 수 없고 직접 가봐야만 알 수 있다. 그리고 때로는 넘어져야만 비로소 보이는 바닥의 풍경도 있는 법이다.

나는 이제 안다. 자전거는 단순한 교통수단이나 운동기구가 아니라 내 삶의 태도를 통째로 비추는 작은 거울이었다는 것을. 지금 나의 자전거는 긴 겨울잠에 들어갔다. 하지만 이것은 끝이 아니다. 언젠가 다시 페달을 밟게 되더라도, 혹은 힘에 부쳐 잠시 멈춰 서게 될지라도, 두 바퀴가 가르쳐 준 이 문장 하나만은 잊지 않을 것이다.

"천천히, 그러나 계속."

나의 속도로 가라는 그 단순하지만 가장 어려운 진실을 품고 나는 겨울을 날 것이다. 머지않아 또 다른 봄이 오고 바람이 불어올 때, 나는 다시 안장 위에 오를 것이다. 내가 가고 싶은 곳을 향해, 내가 견딜 수 있는 속도로, 조용히 그러나 분명하게.

나의 길은 아직 끝나지 않았다. 어쩌면 이제부터가 진짜 시작일지도 모른다.

무릎과 페달 사이

1판 1쇄   2026년 3월 16일
1판 2쇄   2026년 4월 1일

지은이   이다빈
펴낸곳   아임스토리(주)
펴낸이   남정인
출판등록 2021년 4월 13일 제2021-000113호
주소   서울특별시 성동구 광나루로 286 아인빌딩 9층
전화   02-516-3373
팩스   0504-037-3378
전자우편 im_book@naver.com
홈페이지 www.im-story.com
블로그   blog.naver.com/im_book

ISBN 979-11-994285-5-3